U0476575

刘克襄 著

虎地猫

人民文学出版社

著作权合同登记号　图字 01-2018-2175

图书在版编目(CIP)数据

虎地猫/刘克襄著.—北京:人民文学出版社,2020
(刘克襄动物故事)
ISBN 978-7-02-014204-0

Ⅰ.①虎… Ⅱ.①刘… Ⅲ.①随笔-作品集-中国-当代　Ⅳ.①I267.1

中国版本图书馆 CIP 数据核字(2018)第 087555 号

责任编辑	卜艳冰　杜玉花　杨　芹
装帧设计	汪佳诗

出版发行	人民文学出版社
社　　址	北京市朝内大街 166 号
邮政编码	100705
网　　址	http://www.rw-cn.com
印　　制	杭州钱江彩色印务有限公司
经　　销	全国新华书店等
字　　数	138 千字
开　　本	890 毫米×1240 毫米　1/32
印　　张	8
版　　次	2020 年 10 月北京第 1 版
印　　次	2020 年 10 月第 1 次印刷
书　　号	978-7-02-014204-0
定　　价	55.00 元

如有印装质量问题,请与本社图书销售中心调换。电话:010-65233595

> 总序

动物小说是一座森林

在我们居住的星球上，一座拥有许多高山的岛屿，位于海洋和大陆的交界，又坐落在温度适宜的纬度，这样允当的自然环境，其实并不多。

我很有福气，正好在这样的一座岛屿上出生，并且平安地长大。更幸运的是，从青少年起，在双亲呵护、生活无虞下，拥有足够的时间和机会，在岛上长期观察自然，认识各地山水，逐一见证它广泛而多样的地理风貌。

经历多趟丰收的生态旅行，我才逐渐打开视野，接触到许多动物。同时，透过当代生态保育观念、自然科学新知，以及各地狩猎风俗文化的洗礼，更深入地见识了各种动物精彩而奇特的习性。

如此丰饶的生态环境，以及多样的动物内涵，作为书写题材的基础，无疑也是上苍赐予一位创作者最大的资产。我自当努力，尝试通过不同的叙述风格和书写技巧，展现各种动物的生命意义。并且自我期许，希望更多台湾地区动物的生命传奇，经由自己笔下的故事，展现这块土地动人的自然风貌。

提到以动物为主题的小说，相信许多读者不免直接联想到儿童文学。许多创作者，在思考这类题材的创作角度和内容时，恐怕也会假定，以儿童或青少年为阅读的对象。

久而久之，因为文学潮流的趋势、影像媒体的兴盛，或者以晚近创作呈现的质量评估，这类以动物为主题的文学创作，难免被放置在一般儿童文学之列。目前文学学术词典、百科全书在定义时，更视为儿童文学的领域。

这种理解的趋势，似乎存在着某一种认知，把动物形象和动物小说所承载的广泛可能，局限在儿童的喜爱与领悟层面。文学风潮如是发展，个人觉得未免可惜。

过去，在叙及动物小说时，我每每想起吉卜林《丛林故事》(1894)、杰克·伦敦《野性的呼唤》(1903)和奥威尔《动物农庄》(1945)等不同阶段经典动物小说的内涵，乃至晚近理查德·巴赫《海鸥乔纳森》(1970)、贝尔纳·韦贝尔"蚂蚁"三部曲(1991～1996)之类现代动物小说的标杆，各自有其深沉的寓意，揭橥动物故事的多样繁复。

　　世界各地皆有如此精彩的动物小说典范，反映作者家园的生活意识和土地情感，那么台湾地区的动物小说呢？

　　我在书写动物故事时，其实很少定位于孩童阅读的想象，而是期待更多拥有纯稚心灵的成人，一起享受动物世界的奥妙，进而珍爱和尊重这个地球上，不同于人类文化，或者更为重要的自然文化。

　　在文学命定的议题里，人类和动物之间的关系，绝不只是反映动物与动物、动物与人类之间的感情交流，或者只是把这种交流赋予丰富的人性解释。我总是想办法扩充视野，尝试着使用更新形式的叙述，摸索更多尚未被人类所理解的领域，以及寻找更大的价值。

　　现代的动物故事，何妨越过儿童世界的层次，进入一个混沌的起跑线，重新设定更多可能的原点？它一方面是对大自然的礼赞、哀歌，或关怀动物生存的论述，一方面更可能是人格成长的小说、心灵冒险的故事，兼而反省人类文化的发展。

　　进而言之，动物小说作为一个自然写作的界面，既非孩童似的愚呆，也不必屡屡背负人类破坏自然的原罪。面对地球日渐暖化、雨林遭到滥垦、水资源缺乏等危机，一个写作者,除了站在第一线抗争,更大的责任是栽植梦想和希望。

尽管这个课题需要长时间的酝酿、培养,但每回我写出一部动物故事时,那无可言喻的喜悦和满足,仿佛成功地守护了一座森林的欣然成长。我快乐地想象着,每一位读过这些动物故事的孩童或大人,在心里也悄悄地滋生出了一座森林。

将来,这座森林会逐渐葱郁,逐渐延伸出去,最后和地球上的每座森林、每座海洋,亲密地结合。

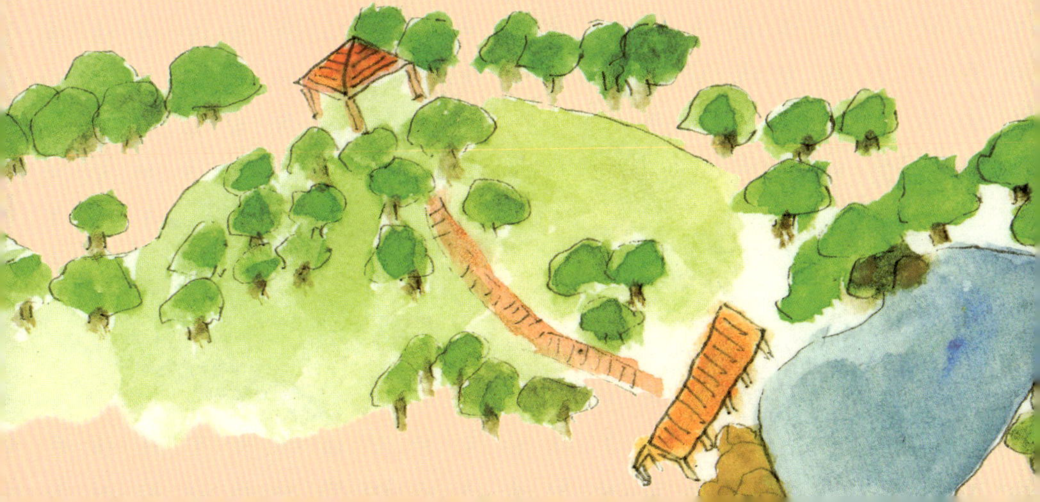

虎地猫成员

无尾和草原虎

灰毛

草原狮

无尾

白脸集团

陌生客

小狸

小白嘴

三条

小山果

小黑点

红眼

红线

淡小黄

灰头盖

一条龙

黑斑

两点

虎地猫分布图

第一大楼
（何善衡楼）

第二大楼
（梁球琚楼）

喷水池

小可怜

小黑点

白脸集团

五人帮

灰头盖

现代花园

永安广场

游泳池

淡小黄

研究室

南舍
一条龙
大草原
上草原
下草原
教师宿舍
净水厂
（滤水厂）
三块
三条
原帮
草原虎
草原狮
无尾
两点
黑斑
校长家
岔路
南峰
北峰
小狸
双峰山
龟塘帮
中式
庭园
小山果
红眼
龟塘
行政大楼
岭南大学校门
N

目　录

序　屋顶上的猫　2

开场　寻找一个猫之家园　7
- 角头老大　一条龙　30
- 离群索居　两点　46
- 遁迹下水道　黑斑　60
- 保守主义分子　无尾　80
- 年轻的探索者　小狸　98
- 深宫大院的太监群　余园集团　112
- 鲁蛇的生活　灰毛　124

- 一面之缘　陌生客　136
- 积极进取的典型　灰头盖　142
- 双人组的奋斗　白脸集团　166
- 幼小的新住民　小山果　180

加映场　福州猫　193

- 巷口游民　黄耳和小葫芦　202
- 街头小霸王　白足　214
- 移动家族　大青和小青　228

虎地猫的记录像一个卫星，一直在那里，

我随时可以去找到需要的资讯，进行各种对话，

或者寻思更多可能性。

假如有另一个点出现，就能连结为太空站，

出现更多丰富的面相。

"虎地猫"不一定在香港地区，也可以在任何一个区域。

序

屋顶上的猫

再理性的人，回家拥抱猫咪，自己内心最柔弱的部分，还是会纯真地展露。可见猫在很多人心中的地位，绝非其他动物可比。

但很抱歉，我还不全属猫奴家族的成员。在回家的路上，遇到一只街猫，我总有错觉，仿佛在非洲草原遇到落单的狮子。第一个想问的还是，你是跑单帮的，还是集团的成员？

我这样定定地看着，观察街猫的形容，希望还有再见

面的机会。不只是意外撞见,还期待看到它的多样行径。就好像邂逅一位游民,不单是坐在街头的角落,还想遇见他翻读书报杂志,或者跟友人一起分享食物。

　　长期在都市漫游,定点拜访几个偏僻角落后,我摸索出一些观察猫的心得。街猫的躲闪、狐疑和不安,时时提醒我,这座城市存在着两种猫。猫从农村社会驯化到城市生活,跟我们一样变成市民和游民。很多人养猫,视如己出,但也有不少猫被遗弃,在外头游荡。

　　当我们和家猫居住一起,不用任何言语,彼此抚触都会衍生极大的安慰。猫和人的互动具有莫大的心灵疗效,有时亲密关系甚至超越家人。但我还是很难沉溺这种关系,

只跟猫相处于一处密闭的空间，仿佛在外太空进行对话。

我总是回到另一现实状况，想要关切城市街坊巷弄里那些惶惶于污浊角落的街猫。平常它们能吃到什么食物？谁在喂食？有无负起清洁的责任？或周遭环境是否适合？一家便利商店若贩卖的猫食特别多，我也会在近邻的巷弄多绕一圈，看看附近是否为街猫集聚的重要场域。

街猫和游民一样，在街头的日子过得相当艰苦。游民很少跟我们一样从容地持着咖啡杯，站在街上聊天、玩手机。不少人瑟缩着自己的艰苦，翻找着垃圾桶，不知下一餐在哪儿。街猫想必也有这种恐惧和压力，经常贫瘦之形流露于外。是以，我完全理解爱心人士固定喂食的初衷。

因而，有时意外看到一只猫，伫立屋顶，那是我在城市最喜欢看到的风景。

屋顶上的猫绝非在觅食，也不是在寻找配偶，更不可能是蝙蝠侠伫立城市高点的孤独和自负，想要肩负什么责

任。那是一种平凡的了然，知道自己在城市安身立命的位置。比较接近我们在某一个安静的角落看书，暂时避开尘世的喧嚣。

那当下往往意味着，它满足于这个无所事事的时刻，而且正在尽情享受这个环境氛围。至少有那么一刻，不必汲汲谋生，无须担心食物。或者，绝无口炎、肾衰竭、猫艾滋之类的疾病缠身。

它驻足愈久愈令人感动，甚而在那个位置趴下，翻露肚皮、舔毛都好。人在城市生活，有时追求的，未尝不是此等从容。这个画面，过去在农村、小镇经常有机会看到，在城市却愈来愈不容易碰见。

让一只街猫饱足、充满安全感时，我们便常能看到它们站在屋顶上的美丽风景。不管家猫、街猫，如此望远的猫，我当然希望，在每一座城市都能邂逅。

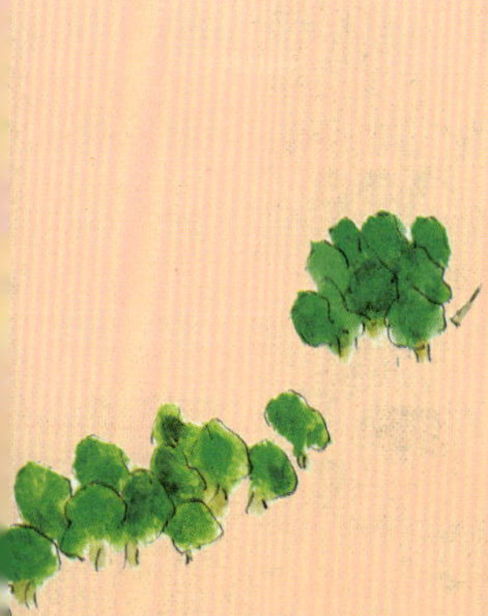

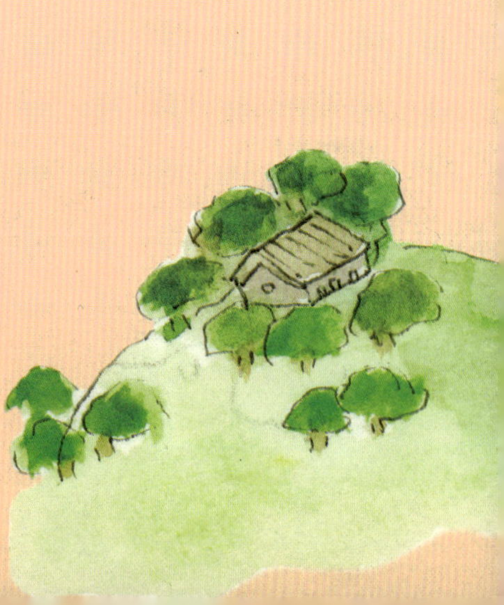

开场

寻找一个猫之家园

十多年来，我始终在寻找一处可以和街猫对话的理想环境。寻寻觅觅多回，未料到，最后竟是在一处遥远的异地，找到了这一心目中的家园。遇见时，还是一大群。更有趣的是，那里就叫虎地。

　　虎地，根据长时居住在那儿的乡民口述，原先应该是烂泥的环境。以前放眼望去，荒烟蔓草的景象为多，遂称为糊地。后来因为城镇开发，为讨吉祥，才改名为虎地，并非过去真有老虎。晚近又取名富泰，期盼它日后繁华。

　　猫者，小虎也。数年前，我受邀到此间的岭南大学驻校，从冬日待到夏初。原本欲借此机会探索该地山区，完成自己在香港山野徒步的最后拼图。不料，才一星期，校园里密集的街猫栖息，打乱了我的踏查初衷。

　　岭大是一处封闭的环境，前有开阔公路，背后紧靠香港最为荒凉、干旱的山区。相较于旺角、金钟、铜锣湾等

岭大的猫意外打乱了我的田野踏查计划,进而一窥街猫的奥秘。

开场　寻找一个猫之家园

地，这儿根本就是香港的乡野。若以台湾对照，有点像台北与平溪、双溪的关系，距离也差不多。加上校园清净，因而成为被弃家猫的天堂。

无论是一只猫摇首摆尾走过我眼前，还是慵懒地趴躺于草地，抑或集体竖尾前来讨食，我总是禁不住诱引，停下脚步，想多花些时间，跟它们长时而深邃地凝望。才去不到三四天，经过多回的校园走逛，我心里已打算长时记录。

过去，每到任何地点旅居，我习惯以自然观察的角度，记录对各类物种的心得。校园里的街猫多数系被人豢养照顾一阵后再丢弃。我视它们为都市化的野生动物，跟自然仍有一段距离，回不到那最原本的社会。它们继续和人保持紧密的联结，但某种程度又疏离了。

原本闲散地记录笔记四五天后，我便发现此一微妙的状态。不同街猫各有生活形态，经由简单数据的分析，总会透露有趣的讯息。当数据累积丰厚，释放更多讯息时，我转而积极起来，想记录这段旅居，作为生活里不可或缺的经验，一窥街猫的奥秘。

我想观察它们如何在野外捕食、跟同伴互动，以及占领生活地盘。在台湾的乡镇，我青睐过好几个地点，却常

爱猫人士在岭大校园的固定地点放置饲料。

爱猫人士设置的猫窝。

岭大有爱猫的社团。

开场　寻找一个猫之家园

因人为干扰，或者遇到环境的剧烈变迁而失败。这回因住校，在大学校园里，意外撞见这一理想中美好的猫之家园，无疑是旅居最大的收获。

岭大爱猫的人很多，固定照顾猫的也不少。走在校园，我无须鬼鬼祟祟，更不用担心遭人误以为行径怪异。也无须借由固定的喂食动作，吸引街猫的到来。一个人不断徘徊走廊，或者持个相机蹲伏、趴卧，大家都可理解。我因而能长时守候一地，从多个角度观察。我的关心可以集中于其他途径，让更多人认识街猫尚未为人知的特性。

此处既是虎地，我后来遂将校园的街猫泛称为虎地猫，作为跟其他街猫的区别。

我寄居的教师宿舍，位于校园南边角落。教学的研究室，则远在校园北边马路外。每天清晨，在宿舍用完早餐，我习惯走路到研究室读书和写作。

这段路程首先会翻越一座小山，我取名为双峰山。再经过一座中式庭园，接着是广场和现代花园，最后绕过游泳池，越过马路到另一校区。

此段路，散步的直线距离约八九分钟。但为了观看虎地猫，我改采Z字形绕路。有时会绕双峰山一圈，下了一个叫龟塘的小水池，再走进中式庭园徘徊。紧接，穿越广场到现代花园驻足。每次我都要观看好几十只，或者注意某几只最新的状况，避免错失对每只猫进一步认识的机会。

双峰山乃一海拔不到五十米的小山，南北各有一平缓的圆峰，各自伫立高大青翠的林木。南峰海拔略高，树林间有一隐蔽房舍，岭大校长住在那儿。北峰则有一中式凉亭，学生很少上去，倒是常有猫只趴卧。

中式庭园简称余园，中间有一大面积的池塘，放养了诸多锦鲤，旁边多假山乱石的园艺造景，形成复杂错落的环境，虎地猫集聚最多。广场正对岭大校门，名为永安，乃一开阔瓷砖地面，对猫犹如沙漠。过了此即现代花园，乍看有些希腊殿堂的开阔和透视空间。而再过去，一道人行回廊之后有座高大的水泥墙，墙后就是宽广的游泳池。对虎地猫来说简直就是海洋，是活动领域的边界了。

等认识的虎地猫愈来愈多，而且都有些熟稔后，我从宿舍出发，抵达研究室的时间愈拉愈长。没多久，原本半小时的路程，经常要花上两三个钟头。有时，为了一桩意外的插曲，我的行程便耽搁，甚而拖到中午才抵达。更有一些突发状况，未过半途，因为中午到了，不得不再折返宿舍用餐。

中式庭园

龟塘

双峰山北峰

现代花园

永安广场

14 虎地猫

譬如，有只猫可能濒临死亡，又或者出现一只新来的小猫。这些都让我的行程生变，耽搁了许多应该完成的写作计划。只是若那天刚好有其他外务或教学，无法长时观猫，我难免又喃喃哀怨，自己的人生为何被这些猫所羁绊。

偏偏，我又习惯一天走三回，观猫时间自是愈拉愈长，最后疲于奔命。基本上，早晚猫群用餐的时间，我都要出巡，此时常有爱猫人士现身。他们多半是学校的一般行政职员，但爱心满满。另一回巡视，有时选择中午，有时在深夜。半夜时，学生们若在校园来去，看到我这等老师仍在长廊徘徊，也不足为奇。

我不只在外头辛苦，研究室也贴满猫的照片，以及标注有猫群分布和流动状况的地图。驻校时，虎地猫初估有七十只左右。据说，两年前曾多达二百多只，几乎都是外头弃养，放逐到岭大的。后来经过学校的呼吁以及管理，控制到目前的稳定数量。

光是七十几只，我已觉得密集，到处有猫只走动的身影，很难想象过去二百多只带来的麻烦。一来生活环境拥挤，容易制造脏乱。二来更害怕，若有一只患病，可能带来严重的传染。所幸，学校行政单位还容许学生照顾，进

岭大校园里四处栖息的猫经常耽搁我的行程，羁绊我的心情。

16　虎地猫

而当作生命教育的一环。校园也非商业环境，空间清幽，假日或有赏猫的游客，但都是零星到来，并未形成像台湾猴硐般，涌进大量看猫的人潮。人为干扰减少了，猫的生活便安静许多。

旅居四个多月的时间里，每天为了要记录庞杂的观察心得，叙述每只猫的习性和栖息位置，我不得不帮常见的猫取名，以便长期追踪，同时以数字累积，作为行为的分析。初时，以为只要取个六七只即好，后来发现猫只的关系颇繁复，为了便于区别，愈取愈多，没想到最后有名字的猫的数量竟高达五十余只。有的未取名也知晓，总体说来，全校的猫都识得了。

这么多猫，观察时势必出现不少困扰，还好现在有数码相机辅助。我随身携带，每天拍摄众猫的行径。回家时，再利用影像比对，辨认街猫的特征，判读一些现场无法理解的行径。

四年前，我还未旅居此地时，有一名女学生慧珊已在校观察多时。我离开岭大返台，她和另一位同学嘉晴仍继续进行观察。她们不时拍照、录像和追踪，提供不少有趣的线索。后来我又回去两趟，探看猫群。四年下来，变化虽大，有不少只仍继续存活。

为了方便追踪记录，我开始给猫取名，最后有名字的猫的数量高达五十多只。

18 　　虎地猫

通过大量照片的整理，仔细观察猫的表情、身体状况，我获益甚多。有些在现场还不一定能发掘的行径，经过反复比对，常有惊奇的领悟，或者更细腻地了解它们之间的等级，以及一些微小动作的含意。

当然，最主要的还是一群群虎地猫之间的关系。走访两星期后，我大致依照区域将猫群划分为十个帮派，也约略能厘清它们的互动，以及每个帮派集团里，每只猫的阶级地位。

虎地猫各个帮派的形成，跟食物的取得有紧密关联，次则为地理环境。若没人固定喂食，纵使这样宽广的环境，都不可能形成庞大的族群，进而囿于一个小区域生活。一般乡野若有学校的面积，顶多只有四五只流浪街猫，分据不同领域。这还不足一只野生石虎（香港称豹猫）的栖息空间。初时，校园里有人关心这些被弃的街猫，不断喂食下，日后才导致猫只数量逐渐增多，最后形成帮派集团，占据各个空间。

街猫常因巷弄阻隔，影响了生活习惯和领域。虎地猫多集聚在校园，地理环境也成为重要因由。林木不少的双峰山，明显是一个自然分界点。广场则像沙漠横隔，两端的猫群较少互动。但有的分界并非那么明显，譬如现代花

有一些虎地猫关系紧密，形成集团度日。

园里有两个帮派，但它们彼此之间仍有一条不明显的界线，生活在此一范围的虎地猫都相当清楚。我们若长期观察，大致也能划出这条看不见的疆界。

大体说来，虎地猫的行径介于家猫和街猫间，既有街猫的野性，又有家猫的亲近性格。面对它们，难以产生宠爱的浪漫想象。半野性状态下，少有虎地猫会靠近人，发出恋人絮语般的咕噜声，或是蹭着你来去，展现若即若离的魅力。

人和猫的关系再度拉远，但也非倒退回过去，而是转化。猫不再是家人，比较像都市游民。它们闲散活着，仿佛百无聊赖，但也有少数，努力追求新的存活环境。它们不尽然是我们认识的街猫，而是被遗弃在一个闭锁的空间，仿佛在一个隔绝的星球，自成一体系，摸索着一种新的生活可能。

虎地猫之间因为过于紧密的生活，却又是户外环境，因而产生了不少我未在其他街猫身上发现的行为。在后续个别的猫只介绍里，我将逐一描述那特质。

猫食则是我观察时另一担忧的问题，却始终未有相关规范条例浮出台面。一群街猫被长期定点喂养，不管在世界哪里，尤其是所谓猫之观光景点，饲料的来源恐怕得详

纸盒盛装的干饲料最常见。

偶有牛奶提供。

加检视。

以前，看到街头小猫无人照料，我都不忍心，绕进超市去买猫饲料。喂养久了，不免顺势观察。我注意到，一般超市和便利商店贩卖的猫饲料，价钱和质量差别甚多。在亚洲地区，多数宠物饲料以国外进口的为主。

以虎地猫为例，由于数量众多，饲料需要量大。爱猫人士捐钱买这类饲料，多半是大袋大量添购，囤积于学校储藏室。每早，只见警卫或校工拎着一桶桶饲料，分批送到校园每一区的固定位置。

尽管爱心洋溢，这些饲料的成分却不一定适合

22　虎地猫

每只猫，还有保存方式或添加物是否安全等问题，若要关注周到，恐怕力有未逮。大家只能尽量喂食，生怕它们饿着。间或疏忽了，它们长期食用干饲料，可能容易引发某些疾病。我虽未统计，但隐隐感觉，岭大的病猫明显多了一点。台湾的猴硐猫只更多，病情愈发严重。食物不良、过度集聚都是问题所在。有时看到，一些师生喂食刚刚买的新鲜食物，我反而感到宽心。

除了七十几只猫外，虎地还有好几种动物的栖息值得介绍，进而描述它们和猫的关系。校园不远处曾经有野猪出没，也有松鼠在校园东侧的杂木林活动。我相信附近的山区还有不少蛇，有阵子上山去巡查，看到过好几回。但这些跟虎地猫群，应该少有交集。

我们平常想到，跟猫最有接触机会的应该是老鼠，但我可以确切地保证，校园应该是最少老鼠的地方。至少，我不曾见过一只。虎地上村有一群人家饲养的狗到处乱跑，有五六只，但也不可能跑进校园，因为学校管制相当严格。

大抵说来，校园里的老大就是猫。天空偶尔有一两只麻鹰盘旋，但毫无影响。大家都认为猫是都市郊野最厉害的猎人，只是虎地猫似乎难以展现身手。这儿最常引发它们兴趣的是鸟类。

体形肥大、走路看似笨拙的珠颈鸠，是虎地猫们最想猎捕的。远看时它的行动如鸽子般缓慢，拍翅亦不快。相较其他小型鸟类，我若是猫也会选择捉它们。只要珠颈鸠降落草地，猫们随时都会睁大眼睛，蹲伏潜进。有时两三只猫从不同方向试图分进合击，准备偷袭。但珠颈鸠再怎么愚笨，虎地猫还是难以捕捉。它们早在虎地猫接近前，拍翅远离。

只有一回，一只珠颈鸠拍翅掠过广场。虽是低空掠过，一只中式庭园的虎地猫自大岩石上跳起，试图半空中扑击。尽管失败了，相信那只珠颈鸠一定惊恐不已。

春天繁殖期时，白颊红鸭特爱争吵，经常相互缠斗以至掉落地面。不少街猫会隐伏静观，伺机突袭。时机对了，便迅速冲过去试图捕捉。但此种鸟何等机灵，虎地猫们想要逮着的机会也微乎其微。

香港常见的鹊鸲，校园也常出现。这种聪明如八哥的鸟，猫看到了，都当作不存在。它们若去追捕，只会被逗弄。后来我发现，麻雀甚少看见，但离开校园，越过一条大路，街上数目不乏。我严重怀疑，麻雀们视这儿为禁区。

虽说鸟类不易捕捉，猫们还是会不断地尝试。那心境好像我们在街上，玩夹娃娃的机器。每次投入十元，总有一回夹起布偶的机会。虽说屡屡失败，但因为钱花得少，总要试试看。

我虽未看过虎地猫猎鸟成功，但相信总有逮着的时候。又或者，它运气极佳，刚好遇到生病或瘦弱不良飞行的鸟，掉落地面。

捉鸟不易，但捕鱼似乎较有机会。中式庭园的池塘旁，常有猫尝试捕捉锦鲤。成功的概率或许不高，不小心还会摔进池塘。有时却看到岸边，出现完整的鱼骨头。另外有一小池集聚了乌龟，虎地猫也甚感兴趣。但乌龟何其机灵，不要看它们平时走路缓慢，躲避时速度之快，常让猫望水兴叹。

虎地猫什么都要挑衅，甚至猎捕，但校园里有两种动作缓慢的小动物，它们始终不敢掠其锋，分别是黑眶蟾蜍和亚洲锦蛙。

二月起，黑眶蟾蜍开始交配繁殖，校园的沟渠和水塘里广泛分布着这种眼睛有细微黑眶的癞蛤蟆。此时，雄蛙惯常发出鸣亮的"咯、咯、咯、咯……"的求偶叫声，雄蛙紧抱雌蛙的情景也到处可见。它们和幼年期时的蝌蚪都有毒性，虎地猫甚是清楚，根本不会去碰触。

巴西龟

黑眶蟾蜍

亚洲锦蛙

我看到蟾蜍在草地上缓缓跳动，虎地猫虽会过来探视，但连拨弄似乎都不敢。以前，在台湾看过一两回经验生嫩的猫只试图咬蟾蜍，结果旋即晕倒，过好一阵才醒来。这情形还算好的，我听说还有些中了蟾蜍的毒液，当下就死亡。我想虎地猫们都会传授这种讯息，再怎么好奇，什么都可骚扰，就是蟾蜍碰不得。

四月以后换成叫声洪亮的亚洲锦蛙。此蛙乃狭口蛙家族，长相呈三角形。天黑之后，鸣叫可吵翻整个校园。亚洲锦蛙不仅声音洪亮，还懂得爬树，藏身于树洞中。更善于挖掘，利用足部挖洞，仅需数秒钟即可将身体埋入土中。如今在台湾也出现，成为麻烦的外来种。

在香港，它们可是本地寻常物种。受刺激时，往往会鼓气，甚至分泌白色毒液，因此几无天敌。至少虎地猫都不敢接近，任其从容跳过，甚至避开。

基本上，虎地猫并未脱离跟人依存的情感，只是回到半自然的环境。因为距离稍微拉远了，发展出奇怪的生活形态，我不知如何形容。有一部分核心成员，诸如余园和龟塘的猫只，它们的生活或许比较接近紫禁城内老态龙钟的太监们吧！同时，因为太依赖人类的喂食，却缺乏悉心照顾，背后仿佛隐藏着某些阴影。

我一直以为，它们更濒近死亡。一个看似美好无忧的生活环境，或许不会有食物供给的问题，但因为族群密集，某些疾病和食品安全的风险，始终是潜伏的巨大威胁。

但又有一派虎地猫，仿佛江湖浪人，到处游走，不愿意死守一个环境。虽说数目较少，却把猫的独特性发挥至另一个极致。仿佛连接着古老时代，过往野猫的习性仍在它们身上隐隐跃动。

过去我对家猫的美好想象，恐怕也都要推翻。好像要回到非宠物的某一个阶段，而不是继续以人和猫之间的依存关系认知。它们和我们不再是既疏离又亲密的关系，更不是看透你的灵魂的灵性动物。它们把自然带回来，又把我们的情感退还。

长时观察虎地猫后，我将它们区分为两大类型，一种是跑单帮的，另一种属于帮派集团。这些小虎们拥有各自的生存策略，还有努力争取地盘的生活方式。

虎地猫各自有生存的策略。

角头老大
一条龙

公猫一条龙，背部拥有三块面积不小的黑斑。因为连接在一块，乍看仿佛套着一件紧身黑夹克，胸肌隐隐展露。粗壮的尾巴更偏爱不时高昂竖起，俨然象征着权势的手杖。不论行走在旷野，或者接近各集团领域，它总是如此高调出现。

虎地猫多数都已结扎，并接受喂养，最后倚靠不同的集团，集聚一起生活。未结扎的它独来独往，长距离走动着，既不靠行，亦不同栖。

有时在辽阔的草原，只见它大步走着，空无一猫，情景甚是苍茫。但也是在这等空旷之情境，我才重新感受到什么是真正的猫科动物。或者，过去在乡野遇见野猫的倨傲和孤僻，终于在其身上具体感受到。

猫的形单影只也有类别，但它绝对是强势的孤独者。强势意味着掌握的领域面积更广大。几个月长期观察下来，从出现的位置比对，我发现，它是虎地猫里领域最为辽阔的。

一条龙背部的斑纹很有个性。

角头老大　一条龙　　31

根据哺乳类动物学者的野外调查，一般野猫的领域约莫有一平方公里方圆，甚至更大一些。七十多只虎地猫里，大半紧守着篮球场大小的方圆，在里面的空间上下钻探。多数虎地猫更因食物丰裕的关系，不仅缩小栖息范围，也能容忍与其他虎地猫一起生活，接受彼此的领域重叠，相互依赖。

在猫只稠密的校园，一条龙竟拥有接近一个半足球场的领域，可见其霸气。有些猫或许也能来去多个地方，而且横跨近一公里，但像它这样走到哪里，都俨然如角头老大那样我行我素，委实不多见。

一条龙漫游的势力范围除了大草原，还涵盖双峰山的林子。校园之外，过了马路，有一庞大净水厂。虎地猫罕见到来，唯一条龙出没如家宅后院。其他猫都守在小小的领域里，很少在校园到处奔逛，更遑论会越过马路。一条龙能居于高阶地位，绝对与此有关。

一条龙显然也未受食物支配，乖乖地屈从于饲料放置的角落，或者受到食物的牵引，到了喂食时间便固定出现。有时，大家结束进食，它才从大老远的草原或郊野林子冒出。翻山越岭，抵达食物放置的地点，快速吃完便离去。其他猫已有依赖性，吃饱了，干脆就在附近栖息，方便下回进食。如形成习惯，明显受到食物的制约，不知不觉沦为集团的一员。来去如风的一条龙，明显在此一体制外。

如果没有食物的供给，猫集团会散去，数量也会锐减，只有少数的猫会存活下来。在寻常的城市郊野，多数街猫像一条龙般活着。但在岭大师生们的定期喂食、呵护照顾下，虎地猫不虞食物匮乏。集团里的猫非但吃得肥胖，缩小活动区域，更因缺乏运动，多数行动略嫌迟钝。

一条龙除了难以掌握行踪，更有独一无二的行径。它喜欢一边走路，一边嚎叫。那叫声粗哑嚣张，俨然宣示自己的领域般，或是告知着自己的到来。至少在春天时，它走到哪儿，便叫到哪儿。此一怪异喵声，充满挑衅的骄傲感，超越了我所认知的猫叫行为。

教师宿舍后头的空旷草地，临时堆置许多废弃的木料和铁桶。有阵子，夜深时那儿固定会传来它的大声喧嚷，我因而不难发现它的行迹。透过这一嚣张叫喊，更确信它拥有相当高的地位。

暑夏的燠热到来前，一条龙几乎是边走路边嚎嗥，多数虎地猫都惧它三分。肚子饿了时，一条龙最常出现的觅食区，大抵在双峰山西侧的小水池。那儿约莫有十多只巴西龟栖息，因而被学生戏称为龟塘。龟塘帮的猫几乎都吃过它的亏，什么灰毛、半白和红耳等，都被它威吓或攻击过。

每次一条龙经过，集团的成员看似悠闲地趴着，眼神都不约而同朝它的方向紧盯，不断投以畏惧的目光。就怕一不小心，让它挨近身边，受到无情的攻击。它们总要确定一条龙远离，才会安心地继续自己的活动。

偏偏一条龙常变化路线，无预警地从南峰西侧走下。有好几回，忽然便伫立在龟塘帮面前。它们若在休息，常措手不及，只能绷紧神经，完全不敢造次。接下，转而专心地看着一条龙的动作。懦弱者更吓得弓背弯腰，缩皮竖毛，随时准备逃命。

一条龙也很有气魄，一旦决定修理对手，绝不会随便偷袭，而是紧盯着对手仔细打量。一边摇起粗尾，仿佛挥着权势的手杖，晃着晃着，充满强大的恐吓。那种不怀好意，好像是在责怪："你怎么会在此？这里是你可以随便来的吗？"

角头老大在你家随便翻东扰西，大概便是如此，而你却噤声不语。若是其他虎地猫，都不致如此狂妄。万一真有误闯进来的，势必也会遭到龟塘帮的威吓。

一条龙攻击对手的方式更是粗暴，通常不到十几秒便无情地展开。它会先以假动作挑衅，端看对方反应。多数虎地猫会害怕而奔跑离去，此时它再从后驱赶。但有时，它真会伸爪，蛮横地向对方划过。紧接着，其他猫发出凄厉的惨叫声，快速逃离现场。

一只猫会让对方害怕成这样，显见它真的凶悍至极，

一条龙（左前）行经龟塘时，龟塘帮成员皆绷紧神经。

一条龙的尾巴粗壮。

角头老大　一条龙　　35

或者在攻击对手时绝不留情。龟塘帮成员对它如此卑躬屈膝，想必都受过一条龙的教训。

所幸一条龙只是快速地威吓，当对方害怕地离去时，它便松手，径自在原地翻滚休息，十足无赖而顽皮。一条龙也非每回都脾气暴躁，非得欺负其他猫。假如吃饱，它也偏好就地休息。

它生气多半是在空腹时，其他猫又不小心，刚巧横挡在它眼前，或者倒霉地刚好躺在它即将走过的路上。龟塘帮最大的隐忧和威胁，仿佛只来自一条龙。

不在龟塘帮的区域活动时，一条龙当然还有其他栖息的位置，而且不时改变。此时，一条龙的视野更大，每天好像都要忙着巡行一回。它所行经之处，只有少数猫不怕它。

譬如母猫黑斑，也是跑单帮的成员。它的领域跟一条龙接近，只是未跨出校园。有回凌晨，黑斑趴在南峰草地，听到一条龙的叫声并不为所动。我隐隐感觉，两者间有种彼此尊重、互不干扰的关系。

还有大嘴，乃中式庭园众猫地位最高的一只。有回它和一条龙在北峰撞见，两者相敬如宾，各自趴卧在阶梯休息，保持一段距离。但大嘴会不自觉地转头，观察一条龙在做什么，显见对它没安全感。一条龙则自在地翻滚着。

一条龙若有朋友，应该是公猫三块了。这只毛色混杂的三花猫，皮毛不整，看来相当羸弱，仿佛有肾衰竭之兆头。它经常在大草原趴躺，有时到南峰附近。

两只猫相遇时，一条龙勉强接受它，并卧在不远处，但还是有点距离。我想三块一定跟它是旧识。但三块不属于龟塘帮，经常和三岔路的猫聚面。

最常遭一条龙修理的，应该是三条。它是跑单帮的，偶尔接近龟塘帮，跟它们一起等候食物的到来。但多数时候独自行动，常跑到教师宿舍后院。

偏偏一条龙每天总会去三四回，在一些木板堆叠的地方休息，或者过夜，那儿仿佛才是它的别墅。有阵子三条也在此溜达，但时常遭到一条龙的干扰或者攻击。

我刚好从楼上眺望整个过程。初时，三条采取躲闪的方式，听到一条龙的喵叫接近，确定其方向后，它都会悄然地从另一头溜走，尽量不与它碰头。

等日子久了，三条胆子放大。有天早晨，我看到它逐渐接近，在离一条龙两米外，跳上一座大铁桶，观察一条龙的动静。一条龙在酣睡，未理睬它。三条才敢安心趴躺。中途，一条龙醒来，张腿伸懒腰，三条也跟着紧张地醒来。一条龙睡眼惺忪地继续酣睡，三条也再次慢慢地蹲伏，脸仍朝着一条龙的方向。

但这次的互动是例外，一条龙还是未接受它的存在。

大嘴（下）和一条龙（上）保持距离，各自休息。

一条龙接近三块。

三块是一条龙的朋友。

有次，三条躲进木架洞里休息，再次遭到它无缘无故的挑衅。一条龙从木堆上端，不断地用爪子挑逗三条。三条紧张地用爪子回挡，怕它闯进洞里。一条龙玩累后，直接在上头趴睡。过了一阵，再走到另一角。许久后，三条悻悻然地夹尾快速离去。

一条龙在校园里总是避人远远，保持高度警戒。它的领域涵盖了净水厂，此一能力委实不易。那是学校最南端，必须跨过一条宽度十米左右的马路。马路旁边有家废弃物工厂，每日有砂石车嘈杂进出。附近还养了五六只狗，从不系链子。任何猫现身马路，都会被追逐噬咬。一条龙想必熟谙这些狗的习性，才能轻易地出入，避开此一每天都可能出现的危险。这儿也是其他猫较为忌讳的地带。

谈及一条龙的领域，非得谈它经常走过的大草原。此区约莫足球场大，分上下两块。一条龙主要在下草原出没，较少前往上草原。上草原属于三岔路草原帮猫只活动的区域，它还不至于如此嚣张。有回，它在那儿吃饲料，明显地小心翼翼，似乎透露了此一端倪。

一条龙经过下草原时，常机警地沿着左右两条水沟前进，而且是走在干的沟渠里面。沟渠如战壕，我猜想猫们也懂得借着水沟的凹陷，避免自己全身暴露。多数常在草原活动的猫都深谙此一常识，平时活动也在草原边缘，没有虎地猫敢明目张胆地横越。

综观之，一条龙最具备流浪猫的性格。它的体形中等，不像其他集团里的猫往往过度肥胖。走路充满自信，没什么害怕。其他猫若离开自己熟悉的范围，或者闯入陌生区域，总会畏首畏尾，狐疑着随时将遭受攻击。但一条龙老是从容自在，到哪里似乎都可轻松地趴下，翻个身，打回滚，安然地小睡一阵，醒来后，梳梳皮毛，再喵叫着离去。

冬末时，它不断叫唤，到了夏初，却戛然无声。何以如此，原因很难断定。但安静后的它一样凶悍，继续对其他猫不客气。龟塘帮的猫群继续受其迫害，继续在其突然冒出、高竖尾巴的阴影下生活。

一条龙为何不接受喂养，不待在龟塘旁当大佬，宁可继续游走各地辛苦奔波？大概就像人一样，总有这类型，就是偏好四处晃荡，不愿意执守一方。但它不是浪子，而是领域范围宽广的虎地大咖。更不是那种老待一地，睡了醒来舔抚自己，没事又继续睡去的猫。

一条龙具备探险和统治的性格。多数猫领域小，更不敢离开校园环境。它总是要到处走走。唯有走很长的路，漫游自己的领域，每天巡视那么一回，才能安心和满足。我猜，它是山羊和白羊两个星座的混合体。

一条龙我行我素,霸气十足。

一条龙经常利用双峰山的干沟行动。　　一条龙常半路停下来嚎叫。

角头老大　一条龙

一条龙和三条都喜欢盘踞在教师宿舍后院的废弃木板上。有天三条察觉一条龙回来，准备溜走。

42　　虎地猫

一条龙登上最爱的宝座，三条在外围观察情势，它绕路跃上铁桶，小心注视一条龙。

角头老大　一条龙

一条龙

它的长远距离来去

还有君父般坚决的强势

不仅是为了威吓

还清楚地划出自己守护的范围

离群索居
两 点

　　冬末进驻校园，除了嚎叫的一条龙，两点是最早吸引我注意的虎地猫。

　　每早从教师宿舍出门，我习惯沿马路翻过双峰山，走进校园的办公大楼。才要走上山，两点往往已趴在南峰山坡地。

　　那时它已很瘦很瘦。好像挨饿了许久，一副没有吃饱的样子，但还能缓慢走动。整个校园，到处都有爱猫人士供应的饲料，初时真不知它为何如此羸弱。

　　远远眺望，它衰竭脏污的外貌，仿佛也历尽风霜。两块身上的大黑斑，更像年代久远的墙壁油漆逐渐褪色、剥落。白猫身上拥有黑斑者，校园里并不少，不易分辨身份。但观察久了，知其领域位置和个性，三四十米外望见，几乎都可以判断是谁。

　　两点的眼睛最叫人困惑，初时遇见还炯然发亮，但遇着没一星期，仿佛看透人生，再怎么努力都只愿意撑开一

两点的黑斑像掉漆。

初遇时，两点双眼还发亮。

后来两点眼睛常半开。

离群索居　两点

半。多数街猫眯眼休息，一遇状况，瞳孔随即放大，展现机警避敌的眼神。甚而弓起背脊，准备应付即将发生的事情。我接近时，它却爱理不理，继续放软身子，一种没力气、隐隐然像要放弃全世界的样子。

我更大的不安是，它毫无伴侣，彻底地落单。

虎地猫多数都有伙伴关系，不管疏远，多半会结党。十几个小集团里，像它身子一样萎靡的也有三四只。但它们仿佛有集团依靠，可以轻易获得食物，继续在自己的领域里生活。

两点纵使出现在一个集团旁边，明眼人都会察觉它的格格不入。像两点这样不靠集团、个别活动的又有好几只。譬如一条龙领域开阔，善于欺凌他猫；也有天性害羞，才恢复野性的；又或者，遭遇弃养，初来虎地，仍在摸索环境者。

两点皆不是那样的栖息状态。它仿佛老猫一只，游魂一具。在此生活好一阵，跟近邻集团都有些交往。只是愈来愈瘦，连觅食都无精打采，便逐渐远离团体，仿佛修道多时，要成仙了。

翻过双峰山下坡后，有一三岔路。两点有时会接近那儿吃点什么，再折返我们初遇的南峰山坡。此地分属草原帮和花丛帮。凡集团之形成，必因食物而起。又因地理环

两点身形愈来愈消瘦。

离群索居　两点　　49

境，属性不一。两帮猫群常相互偎依，形成小圈圈，都不太搭理两点。

后来有一回，在双峰山西侧，我再次遇见两点。若从宿舍这边翻过双峰山，大约要走一百五十米。那一回，说不定是我认识它以来，走得最远的一回。

翻过山，山下有一水塘，集聚了六七只龟塘帮的成员。水塘旁边即行政大楼。行政人员没事便出来喂食，它们跟人群的关系最为稳固。早上六点多，校警固定在龟塘前的大楼广场集合。猫们也零星靠拢，或趴或蹲，环绕龟塘，等待其中一位警卫取猫食喂养。

这名警卫跟猫也很熟。早晨集合时，他会顺便准备饲料。尽管跟大家一样身着蓝色制服，猫们远远便认出他的身影，纷纷起身、竖尾，趋前表示友好。

两点停留山腰静候许久，等众猫吃完，我以为它会下山捡拾剩余的食物。怎知，它似乎感觉到什么无奈或绝望，反而孤独地往回走。那转身的背影，便愈加清瘦。我浪漫地想象，它可能是此地的成员，回来作最后的探望。

后来，我最常碰见两点的地点，还是宿舍出来的南峰东侧，草地稀疏的斜坡。那时它已不太走动，总是孤零零地趴在草丛中，长时间瞌睡。早上去时，趴着晒暖阳。下午时，仍在那儿，意兴阑珊地闭眼，似乎没什么事比这样的趴躺更重要。有时，暖冬如夏日，温度升高，它才会移到阴凉的地方。

蝴蝶飞过眼前，猫们都会被挑动神经，极欲追捕。它却连好奇仰头注视的乐趣都未展现。两点好像禅定于某一冥想世界，看什么都是蝶，或看什么蝶，都是自己。

东侧斜坡并非它专属的领域，其他喜爱跑单帮的虎地猫偶尔也经过。譬如一条龙，对它根本视若无睹，仿佛此猫早已不存在。有回它走过，我仿佛看到一位黑道老大，经过了化缘托钵的老僧旁。

对多数猫而言，我恐怕也是某一种坏人。双峰山居高临下，乃一充满自然草木的野地。一个人若出现在这样的环境，简直像人持了猎枪走进来。猫绝无法忍受此一压力，势必早早离开。纵使我蹑手蹑脚，生怕吵到什么，猫还是不领情。黑斑、三条或三块皆如此。但两点好像了然，不介意我接近，纵使仅剩咫尺之隔。

这些林林总总的情形，透露了某一现实讯息，刚好跟我的浪漫想象相反。两点在此想必有一段时日，阶级地位不低，只是丧失生活能力。也或许，它正值壮年，但患了一种不明的病，因而日渐衰弱。

虎地猫

两点孤零零地趴在南峰东侧草木稀疏的斜坡上。

离群索居 两点

没多久，我即明白，它之所以如此消瘦，可能是得了肾衰竭。这是许多猫非常容易罹患的疾病。家猫若患了，还有机会带去动物医院控制病情。街猫在野外过活，多半缺乏照顾，只能听天由命。运气好的，或许病痛少一些。多数只会日益恶化，进而不治。

岭大校园里，七十多只虎地猫里，初见时统计，患有此病者四五只。有此病不见得会被其他猫排斥，或被迫在觅食区边缘漂移，主要还是取决于猫自己的地位和个性。

两点后来常去三岔路，大概那儿的地域比较模糊，觅食圈重叠，较有机会获得食物。若是在其地区域，可能会受到排挤，或者因路途遥远，不易前往。

我大胆揣想，三岔路离双峰山最近，它可以很快回到南峰东侧的草坡地休息。遇到危险状况接近，也能随时躲入周遭的下水道，避开可能的干扰和危险。

像两点这样孤独，跑单帮，在双峰山东侧活动的，还有黑斑、一条龙等。它们的活动领域，远远大于集团猫。

多数集团猫生活在食物丰沛的地方，很少会远离觅食的环境，多半拘泥于篮球场大小的空间。在此一小小环境里，每天等待食物的供给，闲暇时在此一小小空间里，捉蝶探虫，或试着捕鱼猎鸟，过着小领域的快乐日子。但跑单帮的倾向居所不定，往往不会在一个地区滞留太久。两点最后一直趴卧在东侧斜坡，显见它被虚弱的身子绊住，缺乏远行的能力。

初来时，两点看到我迎面而来，还会起身，钻入下水道，不想搭理。一个月后，我设法接近时，它似乎连抬头都有些困难了。我更加确定，它已来日无多。但它选择一个视野开阔的位置趴躺，面向马路，而非阴暗之角落，仿佛在展现最后的尊严。

双峰山南峰大树环绕，林木茂盛。有一天，两点横向移动位置，居然趴伏在校长家的大门前，俨然如家猫在烘晒暖阳。那几日，我还自我安慰，前些时恐怕是误会了，它应该还能继续支撑度日。

等我有机会更趋近，才清楚发现，它的眼睛发炎，长了脓疮之类，湿黏黏的，仿佛要看清外头世界都很困难。而我也恍然明白，那是它愈来愈趴躺着不动的原因。

有天接近午夜，经过三岔路，深更半夜还有只猫就着墙角的纸盒啃食饲料。不禁好奇探看，竟是两点。它趁大家都不吃，又挨近这儿。食用后，元气似乎稍稍恢复，摇摆着瘦弱的身子，勉强地拖回东侧斜坡。整个晚上它继续

两点死前一天。

两点最后一日。

两点死亡。

趴在草原,不只是白天了。

我再度陷入过去的不安。隔天清晨,经过斜坡,未见它的身影。我有不祥的预感,继续往前探查,经过校长宿舍仍未发现。接近三岔路时,水沟边的土坡,一只脏污的白猫趴着。不消说,一定是两点。

天才蒙蒙亮,光线还未明透,我却被吓到了。两点的病情更加严重,整个脸湿黏成一块,眼睛部分仿佛被某一胶状物质沾染,几乎无法睁开。那物质又似乎是自它身子排出,因而摆脱不掉,其下颏亦沾满潮湿的泥土,纠结成团。

那凄惨的模样,真的难以形容,心里只浮上一个念头，没指望了。根据兽医的说法，这是肾衰竭的最后征兆。想要抢救，都来不及了。

但望着望着，我又觉得它没放弃生存，在我挨近时，又努力睁开眼，尽最大的体力对我瞧着。只是这一使尽力气的凝望，仿佛是最后的觑看。它慢慢地又闭上眼，几乎是断然垂首的姿态，不再搭理这个世界。此地离三岔路第一个食物放置区，木麻黄树下，仅剩三米。它似乎要走到那儿，却无力抵达。

中午时，我抽空从研究室出来探望，发现它仍趴睡在那儿。到了晚间十时，离开研究室，再赶去探望。但我还未走近，远远看见摆置猫食的木麻黄树下，横躺着一只白猫。白天时有些猫也爱横躺，一副难看的死相，但接近午夜的山坡地，绝无可能有此状态。

有猫如是，时机不对。望着这团白，我全身一阵不安地颤抖。趋前细看，果然是两点，嘴巴张开，僵死了。看来中午以后，它设法抵达这儿。它努力完成，但力气也用尽。是为了食物吗，还是只想在死前靠近一个猫群的社会，而非孤独地病殁在双峰山上？两点留下了一个不易解答的谜。

这是初来虎地，认识它一个月的观察。两点用它的最后余生，教我一堂街猫贫病交迫的生死学。

两点

勉强睁眼

还是看不到地平线后面的美丽

干脆闭上眼睛

让世界变得明亮而绿草如茵

遁迹下水道
黑　斑

每次我在远方出现，黑斑便缩紧身子，保持高度警戒。

我还未朝它走去，它便早早溜进最接近的下水道，毫不犹豫地钻入，消失于暗黑的洞口，回到它最常滞留的地下世界。

那时，我们相隔起码三四十米之远。这个距离，不管对虎地猫或者其他街猫，安全指数都相当高。再敏感的猫，都不至于抬头，准备离去。像黑斑这样神经兮兮，让人大惑不解。

那下水道的世界又是一个谜。当天气过度闷热，当阴雨下得滂沱，抑或是想要长久酣睡时，不少猫都偏爱躲进此一幽暗之地，或者钻入隐蔽的建筑物里。黑斑愈加明显地偏好此一行径，似乎每个下水道口都钻过。下去后，更不会从同一个洞口冒出。从其执着可知，下面有一个深邃的猫道，四通八达地串联着。那儿是它最安全的庇护区，

下水道是黑斑最钟情的庇护所。

黑斑总是躲着人。

黑斑紧张地望着我,准备潜入下水道。

遁迹下水道 黑斑

无人可以干扰的世界，地面只是偶尔出来散步、透气的地方，像鲸鱼般。

黑斑活动的下水道上头，恰巧是我寄居的教师宿舍周遭，被大草原、南峰山坡和开阔的柏油路面环绕着。我住二楼，打开窗即可居高临下，因而有充裕的时间观察此一异乎他猫的行为。

在虎地猫里，跑单帮的不多，它不仅是典型，也最为孤僻。一条龙虽说凶悍，还有三块愣愣地试图接近。反之，它也会主动接近其他猫，虽说别的猫害怕，宁可跟它保持距离，至少它有此意图。但黑斑从不和其他猫照面，永远独来独往，似乎连自己的同类都在躲闪。

等搞清楚所有虎地猫的分布领域后，我有些纳闷。除了宿舍后院和净水厂一区，黑斑和一条龙的地盘重叠不少，活动的路线也几乎相同。它们走过相同的沟渠、相同的马路。只是一条龙偏好漫游，随时出没，但黑斑昼伏夜出，路线单一，难得碰头。或许是这一微妙关系，两者遂相安无事。

继而，我又发现，黑斑很少走进大草原中心。每天一早，我泡茶看书时，从窗口凝望，常期待有猫走过草原。非洲稀疏的草原，或许是狮子最爱栖息的环境。对虎地猫来说，大草原的空旷让人不安。多数猫选择在边缘活动，或者小心地走在横跨大草原的沟渠里。

黑斑却连沟渠都不愿意屈就，宁可绕道而行，走在墙角隐秘的草丛。一条龙可不，它常堂而皇之地来去，时而站在沟渠上，发出喵叫声，仿佛毫无天敌。

初时，我对黑斑的印象便是这样，害羞、机警，无法信任任何人，包括自己的同类。直到另两回的接触，我对它的行径方有更深入的认识。

有天清早，经过第二大楼，发现它正在墙角进食。那儿属于花丛帮的领域，饲料还堆放不少，但多数成员仍在休息。究其因，它们不想吃昨日剩下的饲料，宁可等待爱猫人带来新食物。虎地猫早已被喂养得很挑食。如果情况允许，它们只选择吃新鲜的。除非一整天没人喂，才会无可奈何地吃完剩下的饲料。

我遇见黑斑时，正是这样的情形，好几个纸制盒子都盛放着昨日的饲料。黑斑和另外一只花丛帮的猫，各自专注吃着。虎地猫在进食时，警戒心低，我比较能接近，细观其身，甚而拍照。

我非常惊讶，黑斑何以会跑到此地觅食。第二大楼位居校园中心，黑斑若要抵达，必须先经过宽阔的大草原和第一大楼。此区乃草原帮和花丛帮活动的重要领域。若是

虎地猫

黑斑很少和其他猫接触。

遁迹下水道 黑斑

新来的猫，抵达异地总是心虚，保持高度警戒。黑斑安然而专注地进食，若非在校园的地位不低，绝不敢如此横行。

没几日，我再度遇见黑斑，更恍然明白。它站在南舍（学生宿舍之一）旁的一座方形水泥平台休息。那儿靠近山谷的树林区，据说蛇类经常出没，有回还有野猪闯进。黑斑看到我时，露出狐疑的表情，似乎很困惑我为何会在此现身。它旋即停止舔毛，循一条沟渠钻到校园外的树林。

岭大校园管制甚严，周遭架有铁丝网，寻常野狗不易进来。校园之外，野狗活动相当积极，很喜欢追逐和欺负街猫。过去便有一说，因为野狗无法进入校园，学校才会有这么多猫集聚，进而形成重要的弃养场所。

校园外的这片树林虽有野狗群出没，但它毫无顾忌。黑斑一定是循此绕道南舍后的树林，避开两个帮派的领域，回到我住宿的地方。在第二大楼，我总共记录到三回，猜想黑斑只把那儿当作一个偶尔觅食的地方。

黑斑和一条龙相似，多数的觅食时间和地点，偏好到龟塘帮的领域。上班时日的早晨，行政大楼里的爱猫人士都会在避雨的隐秘墙角，摆上充裕的饲料，让龟塘帮的猫群可以随时享用。

龟塘帮害怕一条龙，避之恐不及，对黑斑却毫无惧

黑斑不走大草原的沟渠，却会利用双峰山的沟渠。

遁迹下水道　黑斑　67

怕，有时还不怀好意。有一回，黑斑觅食结束，小跑折返。龟塘帮成员小灰头，似乎不满其行径，一路偷偷尾随，明显地想恐吓或偷袭，却又对它有所畏惧，因而只敢保持三四米的距离。当黑斑休息时，它也停下脚步观望。黑斑似乎察觉它的跟踪，竟放慢脚步。小灰头怎么办呢？只敢伫立在隐秘的角落，看着它远离。

黑斑的阶级应该和一条龙相当，只是不像后者，常常霸凌其他猫。但一些跑单帮的弱势者，若不小心闯入，或者触怒了它，同样会遭到严厉教训。

有天我欲出门，大门观景台下方发出凄厉叫声。闻声过去，赫见黑斑站在水泥窨井上，一边俯瞰一只体形接近的虎斑猫，一边发出威吓的叫声。那只虎斑猫即三条。倒霉的三条，不仅常遭一条龙欺负，显然也被黑斑视为眼中钉。

三条低斜着身子，畏惧地仰望黑斑，一副担心被扑击的紧张样。黑斑虎视着，每发出一次威吓声，三条便惊吓地抖动身子，尾巴紧紧贴着屁股。黑斑则不断摇晃尾巴，佯装要攻击。

那尾巴悠然地摇动，甚是轻松，更意味着自己的高高在上。眼看黑斑不断逼近，随时要伸爪攻击，三条也认命地准备躲闪或防卫。突然间，黑斑似乎又顾忌什么，迟迟未展

初到校园时，我难得就近拍到几张黑斑的照片。

黑斑观察我的举动。

黑斑对我发出不满。

遁迹下水道 黑斑

三条不知何故触怒黑斑，黑斑晃动尾巴，步步进逼，直至三条离开才罢休。可从图中微小动作，看到两者间的消长气势。

遁迹下水道 黑斑 71

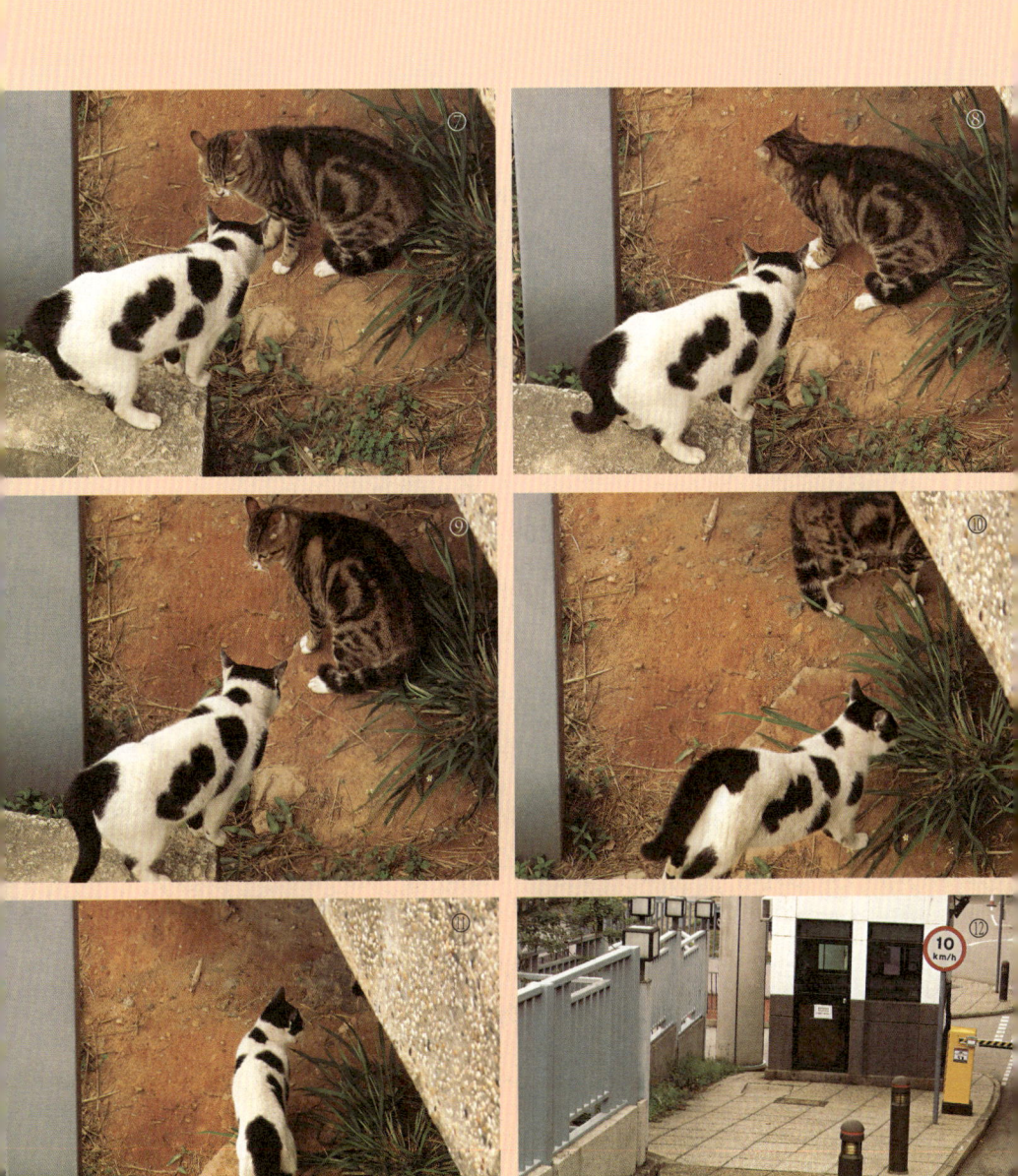

开，只是继续盯着，直到三条低匍，慢慢远离。黑斑则在后头紧迫盯人，似乎只要三条快点闪离，它不会得理不饶。

我虽不断记录黑斑的行迹，相对于其他虎地猫，还是较难掌握它的规律。多数猫是集团的帮派成员，只要在固定地点，花多点时间观察，都不难等到。跑单帮的，像一条龙善于喵叫，远远地也知道它来了。至于三块、三条，总是趴伏在一些固定地点，同样不难邂逅。

但黑斑趴在地面的时间并不多，有关它的记录汇总一起，难以叙述成文。有时三四天都未现身，我更怀疑它是否已往生，横尸郊野。

两个月后，从累积的资料，我才明确看出，它连趴卧草地的时间都很短暂，多数时候都在疾走。或者远远地看到我时，便疑惧地躲入下水道。

那也不是三四十米，而是更长的距离。

到底怎么回事？有天黄昏，它潜进龟塘帮的领地，我借由一道长墙掩护，快步跟踪拍照。那是自上回在南舍碰见后，最接近的一回。我清楚看到它的肚腹下垂。很多猫得了肾衰竭，都有此身形消瘦、肚腹肥大之状态。接着因厌倦进食、病痛缠身而不治死亡。

回家后放大照片，想要了解到底怎么了。这一对照赫然发现，自己严重误判。从侧面看，至少有两个粉红的乳头鲜明地露出。照片透露了一个让人吃惊的讯息，黑斑怀孕了，可能快要生了。

在我的认知里，虎地猫多半结扎，不可能有生育的机会，没想到竟还有漏网之鱼。黑斑怀孕的情形，仿佛《侏罗纪公园》里的名言，生命自会寻找出路。于是，我再翻查前些时拍摄的照片比对，原来当初遇见时，它的肚腹早已略微鼓胀。

几个月来，它为何一直躲闪，我恍然大悟。除了个性机警，想必跟怀胎有关。

它未结扎，因而有了受孕的机会。但跟它交配的到底是哪只猫？它将在哪里生下小猫？小猫能存活吗？像黑斑这样未结扎的流浪猫还剩下几只呢？一连串的问题也浮现出来。

确知黑斑怀胎后，我常不自觉地走到下水道出口，蹲下来侧耳倾听。期待着有朝一日，幽暗的下水道深处，传出小猫的美好叫声。

我的观察时间和次数更加冗长、紧密。最后发现，它一天顶多在晨昏出现。捉住这一昼伏夜出的习性，我看到它的概率便大增。甚至明确知道，它会从哪一个下水道口冒出地面。

黑斑出来后，都是走往龟塘帮的方向。那是获得食物最近的距离、最快的方式。

黑斑的腹下隐约可见乳头。

黑斑肿胀的乳头透露它正在抚养小猫。

74　虎地猫

吃完后，很快折返宿舍附近，择一空地休息，旋即又躲入下水道。我总是远眺，不时用望远镜细瞧，观察乳头的变化。虽然看不到小猫，但乳头提供了线索，我由此研判小猫的状态，甚而猜想它们约莫几只。

又过一阵，黑斑的乳头两侧各只有一对相当红肿肥大，应该有四只吧！等它消失，我再挨近那洞口，企图听到小猫的呼唤。

有天下午，雷雨交加，黄昏时雨势骤歇。打开宿舍的窗口透气，只见黑斑在对面草坡地来去。这个行径相当异常，尤其对一只正在喂奶的猫妈妈。我继续紧盯，只见它不时跑动，时而撑高身子，时而在斜坡上微微跳起，快速用前掌拍击飞行的小飞虫。

小飞虫不大，拥有一对灰色宽大的翅膀。那是大雨后盲目飞行的白蚁，昨晚已出现不少。以前人们看到，总以为是大雨来袭的征兆。大雨后的短暂空当，白蚁更加密集地出现在宿舍周遭。黑斑在坡地上忙着捕食，一直到天黑。

我当然知道黑斑每天吃的饲料，并无充分的蛋白质。怎么办呢？如果你是母亲，势必要补充奶水，但寻常饲料不足以提供营养，只得寻找其他食物。一只街猫能够有什么机会？鸟类根本猎取不到，水塘的鱼类也不易捕捉。这时竟有大量白蚁出现，每只虽不到一厘米，但换成街猫的角度，说不定都是一根根小香肠。白蚁是最现成的新鲜食物，也是老天赐给它的大礼，当然不能错过。

那天夜深后，雨势再缓和许多，只剩下些许雨丝，白蚁如常出没。我故意熄灯，望向校园的马路。未几，黑斑再度现身，在马路上快速地逡巡，不时低头仿佛在啜水。校园里偶有车子行经，或行人路过，它都会闪到一边，再快速地跑到马路上。这一情形并不多见，不太像它平时躲入下水道的行为。

旋即，我便看出，它发现不少白蚁被雨打落在马路上。路灯虽然昏暗，以猫的夜视能力，自可大快朵颐。它从马路到人行道，花了近一个小时，持续努力吃食。

又过一阵，它才满足地躲回下水道。我走下楼，楼梯尽是横躺的白蚁。打开门，走到马路和人行道检查，刚刚黑斑活动的地方，一只白蚁的身影也未发现，看来都被它吃光了。

两星期后，黑斑乳头从肿大的粉红色慢慢变深，僵硬为黑紫之色。我因而确信，小猫接近断奶，或者已经结束哺乳期，可能即将出来。我更夜以继日地观察下水道，尤其晨昏时，丝毫不敢怠惰。

再过些天，我深信，这位勇健的妈妈会带着小猫们，逐一跳出下水道的黑暗家园。只是迎接它们的地面，恐怕会是更加严峻的环境。一个白亮的可怕世界。

不知道黑斑的小孩是否会跟它一样动作轻巧、小心谨慎？

遁迹下水道 黑斑 77

黑 斑

孤独让它充满安全

黑暗让它看得更清晰

多疑则让它活得长久

让它遇见

甬道尽头的星光

保守主义分子
无 尾

  无尾是草原帮身形最显著的母猫，行径最像一只狮子。

  草原帮生活的大草原，太过于辽阔了，任何猫都可以遨游、漫步，因而未形成强力的伙伴关系。不像中式庭园核心集团的成员，往往四五只长时趴躺一块，紧密地生活。它们时散时聚，单只活动的频率较为常见。

  大草原是块像足球场大小的环境，分成上下两地，以缓坡交接。无尾活动的地点主要在上草原。这只尾巴剩下一小截的母猫，相威貌严，高贵有余，但形单影只的状态最为鲜明。

  上草原是它经常散步的场域，也是趴躺沉思的地点。天气阴凉时，它走进上草原，悠闲地东张西望，像一位持盈守成的士绅，游荡在自己的乡野。我想它大概是虎地猫里最爱望远的。放眼虎地猫，很少像无尾，晚上也在草原散步，或者花很长时间无所事事地趴卧。

气质高贵的无尾，自在地或游荡或趴卧。

保守主义分子　无　尾

虎地猫

无尾是虎地猫里最爱望远的。

保守主义分子　无　尾

多数猫集中在办公大楼的墙角活动，草原是境外之地。猫不像它们的远亲狮子，喜爱把草原当作猎食活动的领域。猫们清楚，草原无法提供充裕的食物，而且过于开阔，让它们毫无安全感。

大草原是公共领域，其他虎地猫偶尔出现，无尾不会阻止或干扰。多数猫到此游荡的目的为何，并不清楚，可能一时兴起，在草地上踏青，或者想要晒个太阳，也可能留下排遗，就地掩埋。

咬青草是走到此最常见的行为。很多虎地猫醒来时，梳理一阵皮毛，都会展现咬青草的行径。它们咬的多半是寻常野草，不是蚌花，或者合果芋之类园艺植物。我注意到，二耳草最常被噬咬。二耳草在香港地区和台湾地区都相当常见，这种野草或可视为虎地猫的生菜色拉。青草可以帮助它们清理肠胃，每只几乎都有这类行为。其他环境中，不少街猫亦如此。

上草原的水泥窨井，明显地高耸而突出，多半时候只有无尾在上面趴卧着，像狮子在草原的远眺，掌握一切，观看校园学生来去。草原帮还有三四只其他成员，脸上半褐半白的轻漾是其中之一，但它最亲密的伙伴应是公猫草原虎。我屡见它和无尾一起趴卧水泥窨井，或在树林

无尾仿佛沉思的哲学家。

保守主义分子　无　尾

草原虎的个性不鲜明。

大草原是咬青草的热门地点，图为草原狮。

轻漾也是草原帮的成员。

虎 地 猫

草原虎有时候受不了无尾,自己活动。

无尾(左)和草原虎(右)两相好。

无尾和草原虎好亲近。

保守主义分子　无　尾

下。无尾有时会拨弄草原虎，骚扰它。草原虎受不了，远走他方，跑去和其他猫诸如轻漾等集聚，偶尔再回来跟它相处。

无尾比较不怕人，谁都可接近观察，但不让人碰触。它那世故的眼神仿佛看透了什么，或者洞悉你的思考，想要保持一个适度的距离。人太接近了，它翻身一纵，潜入下水道，不知去向。

不少虎地猫都有一两处熟悉的下水道作为窝居、避敌之地。下水道势必跟其他地方连接，有些会从甲地钻入由乙地冒出。那是一个神秘而难以窥探的世界，像许多猫展露的深邃又缥缈的心思。但无尾只选择一个窨井口进出，不像黑斑有三四处。

草原帮旁不远，还有一花丛帮，成员七八只，喜爱集聚在可爱花的花圃里活动。整个花圃都是这种爵床科植物。秋冬时，艳丽的紫色花卉绽放，常吸引学生驻足。但人们皆不知，紫色花海下，躲藏着好几只猫。无尾跟它们只隔一条六七米宽的马路，却少有往来。

大草原还有一个常客，结扎的母猫草原狮，经常出现在草原的中心。那是虎地猫比较少见的行为，仿佛把自己整个暴露在外。但它来去草原时，总是机灵地沿着干沟，

草原狮从栏杆纵身进入大草原。它在干沟上自在地晃荡,最后跳上水泥窖井观望。

保守主义分子　无尾

借着沟渠保护，掩蔽身子。大草原上滞留时间最长的猫，应该是它。

草原狮勇于探险，但不像一条龙到处去惹是生非，或者欺负其他虎地猫，也不像无尾的畏惧。它孤独地探查，到处瞭望。谨小慎微地走路，不与其他猫冲突，甚至接触，只享受着到处来去自由的生活。

草原狮当然也跟无尾很少交集。只偶尔三四只集聚时，它刚好在场。草原狮活动的范围不像一条龙横跨半个校区，但明显比无尾更宽广。和它对照，正可以看出无尾的保守，自满于现况。怎么端视，都不过是一只拥有小小领域的宅猫。譬如，它很少到下草原，每次走到上草原高崖处，就会乖巧地折返。

只有一回，无尾小心翼翼地沿着干沟前进，走到下草原的水泥窨井。假如是在上草原，它会随便游荡。但站在下草原，仿佛很疏离。它站在水泥窨井紧张地观望，一点也不敢松懈。后来有一位学生闯进，只站在下草原的边缘，无尾已紧张地奔回上草原。可见，它对下草原毫无安全感。

四年后，我回到校园，来回逡巡每一块长时观察过的地点。在翻越双峰山，经过鞍部时，只见南峰树林坡地有

四年后回到岭大，遇见草原狮（前）和半黑脸（后），甚是惊喜。

离开校园两年后，同学传给我无尾的近照，它依旧健康自在。（嘉晴提供）

保守主义分子　无　尾

两只猫卧伏在草地上。按它们的身形和地理环境，我研判是草原狮和一只叫半黑脸的三花猫。半黑脸也是草原帮成员，以前经常在北峰出没，生性机灵，孤独而隐僻，看到我，远远即溜走。

草原狮还在，让人惊喜。但它异常机警，我离它不到二十米，随即起身离去，遁入旁边蓊郁的树林。跟过去一样，依旧是那跑单帮的矫健身影。

在上草原时，偶尔会有珠颈鸠或白鹡鸰等鸟类降落草地。当它们散步时，常引发草原帮猫群的骚动。无尾因其伫立的位置，经常是最早发现的。它会先蹲伏伺机伏击。毕竟是老猫，喜爱谋定而后动，再者，鸟类的视觉远远超过它们，除非有十足把握，绝对不会草率扑上前。但我从未看到它扑击成功。

无尾栖息的环境，还包括双峰山南北两峰间的斜坡森林。这里是一处众猫往来集聚的公共空间，并未明显属于哪一个集团，无尾有时也在此游荡。

春初时，一只珠颈鸠不知为何贸然飞降落叶堆积的地面，引发巨大声响。几只猫不约而同竖起耳朵，望向那儿。无尾和草原虎包抄过去，试图利用地形掩护，突然蹿出，让珠颈鸠措手不及。此时，轻漾也蹑脚低伏接近，准备从另一个方向扑杀。只可惜，它们毫无合作经验和能力。珠颈鸠早就察觉这几只猫的意图。在它们就绪前便从容地高飞远离，毫不给予任何机会。

虎地猫们能够捕捉到鸟类的时机，或许在繁殖季，有些刚刚离开巢位的小鸟，飞行动作缓慢，才可能让它们得逞。有一回，在双峰山的落叶堆看到一团凌乱的羽毛，猜想应该有只飞鸟不幸被扑杀了。岭大校园较少麻雀，我怀疑跟虎地猫过多有关。麻雀喜爱集聚，常活动于地面觅食，机警又善于互通环境安危讯息。一代传一代，这儿便少见了。至于喜爱在草地活动的黑脸噪鹛，别称七姊妹，恐怕也因为此缘由，几乎无记录。

无尾活动范围有限，绝不会跑去余园，更不可能侵入遥远的现代花园。双峰山如高大山脉，广场犹若大洋般辽阔，都是巨大的阻隔。它不是跑单帮的，只是安于现状，只想在草原远眺，在三岔路保持自身优越、舒适的地位。

当一条龙出现在大草原另一头，每天经过数回双峰山，到处惊扰其他虎地猫，像大尾流氓时，无尾继续无远虑亦无近忧的快乐，没有其他猫挑战它的地位。

无尾

如果没有草原的开阔

它会缺乏远眺的视野

缺乏来自空旷的恐惧

跟其他街猫一样平凡了

草原狮

平淡地孤独来去

如居无定所的浪人

山丘让它如老虎般欣然

草原则让它的心灵接近狮子

年轻的探索者
小 狸

  第一次看到公猫小狸，它正在北峰西侧的树林里，鬼鬼祟祟地前进。那是正午，很少猫会在此时活动。这一穷极无聊的晃荡行为，像人类青少年的到处游逛。我因而确定，它在闲逛，也在探险。

  小狸的体态纤细，全身净白，唯有一条狸般毛色的长尾，乍看已是成猫体型。但它两颊瘦尖，看来发育尚未完全。多数猫都在休息，只见它蹑手蹑脚，缓步地张望，注意着每个角落的可能发现。那行径好像初次离家出走，什么都感新鲜，到处乱探看，同时胡乱地想象着各种可能的危险。

  结果一狩猎即见真章。善于捕食的猫，绝不会随意走动。从第一眼，我便察觉它的笨拙和孩子气。那天，它不断地朝一堆落叶攻击，假想那儿有一只不易对付的厉害猎物，必须用尽全力。四五回扑击后，依旧不甘心。突地没

初遇小狸时，它正在北峰探索。

小狸的毛色特征很容易辨认。

年轻的探索者 小狸

来由，又转身攫取，仿佛真有动物在那儿潜藏着。

后来，我陆续看到它的探险。成猫若没把握，不会随便发动攻击。小狸仍处于玩乐的状态，凡有小昆虫之类，都会试着挑衅、玩弄。

有一回，它好运地扑着了一只小灰蝶。只是明明都已捉到了，还是浑然不察。困惑地松开双掌，只见那灰蝶完好如初，从它眼前飞了出去。它再跃起，扑着了的都是空气。

太阳高照，众猫皆瞌睡，它独自走在树林里，寻找乐子。玩得很兴奋，却不知自己在做什么，又或者何以紧张地疑神疑鬼、冲来冲去。后来跟爱猫的学生们探问才得知，我遇见时，它才半岁左右，这种行为不可能在其他大猫身上发生，只有像它这样刚长大的年轻幼猫，尤其是小公猫，才会展现这般失态和幼稚。

还有几回，我看到小狸在吃野草。很多虎地猫喜欢在睡醒后，立即舔理皮毛，进而偏好去啃咬野草。市面有一种猫饲料，据说是针对猫爱吃野草的习性，但我想猫应该会比较喜欢吃新鲜的。有人视野草为猫的前菜，或者生菜色拉，这一形容还颇生动。若按动物行为，猫吃草主要是为了肠胃的良好蠕动，顺势把难以消化的食物排出。

虎地猫盘踞的领域，并非每处都有许多野草。有些集团栖息的位置，野草处处，省去了寻找的麻烦。有时眼前一丛，随便张口一咬就能啃到好几把。但猫吃草并非乱咬，它们应该有传承经验。某些植物含有毒性，诸如合果芋之类粗大叶子，多半不会去碰触。它们喜爱较为寻常的，诸如二耳草、牛筋草。

小狸习惯滞留的北峰，高大乔木颇多，下方多半被枯叶遮盖，少有野草。小狸能咬到的野草，往往都只有

小狸歪着头奋力啃咬野草。

小红线在树下盯着小狸，小狸不敢下来。

一两株，刚巧自枯叶堆中长出。吃草要有耐心，依草的弯曲，顺势咬食。好几次，它不断地斜头，以难看的姿势猛咬好几回，才能勉强啃着。有时咬不着，生气了，不耐烦地对自己发脾气。这一举止，更证明它的孩子气尚未消失。

到处乱闯，难免惹祸。有一回，不知为何，它惹毛一只壮硕的棕色母猫，小红线。它大概是看不惯小狸到处胡乱走动，突地大发雷霆，追逐过来。把小狸逼蹿到三米高的树上，迟迟不敢下来。小红线刻意在树下趴躺、仰望，逼得小狸困在树上动弹不得，分明就是在教训。小红线的地位在北峰并不高，经常偷吃其他猫食。但小狸还被欺负，可见它的阶级势必相当低微。

　　后来我观察到，有阵子，它很喜欢尾随一只叫褐嘴的母猫，结果也常被后者修理。但它的畏惧不像遇见小红线。再仔细追探才知，小狸乃去年在校园出生，褐嘴是它母亲。

　　我能查出小狸的身份，源自一位爱猫的学生，看到我日日在校园观察记录，拍摄了不少照片，因而寄来去年拍摄的几张。她想知道，去年夏天拍到的一只小猫长大后，如今栖息哪里、目前的领域和地位情形。我一核对，随即查出了小狸的身份。

　　更意外的是，从这张照片，我看到了小狸的母亲，觉得分外眼熟，于是对照自己拍摄的。在中式庭园的区域，查到了一只叫褐嘴的母猫。只是这一确定，反而有些伤感。

小狸和母亲褐嘴（左）在窝居的洞口，那时它还有手足。

出生不久的小狸（左）和母亲褐嘴。 　　小狸躲在妈妈后面。（皆由慧珊提供）

年轻的探索者　小狸　　103

中式庭园因造景而有假山假池,泛称余园。我则称此地猫群为余园集团,褐嘴是集团的成员。三个星期前,我才在池塘边看到褐嘴。那天它如厕后,并未悉心处理排遗,只意兴阑珊地走到一块大石下,钻进了一处狭小的地洞,露出尾巴。

那地洞,我一直视为不吉祥的位置。前几星期,才有一只严重染病的猫,钻进那儿后就未再出来。看到褐嘴有此一动作,我自是隐隐不安。接下几日,特别到那儿巡视,期待褐嘴出现。

结果,三四天后,我在大石不远处,看到一只猫横死在草地上,几十只苍蝇停驻在它的嘴巴上。仔细对照,确定是褐嘴。它的身子看来相当健壮,毫无平常看到的得肾脏病或猫艾滋的病容。

褐嘴的死亡并未影响其他猫的作息,但那儿过去是余园集团经常集聚的地方。此后这一大石位置,虎地猫就少去了。

小狸并未到过那儿,它继续在对面湖畔孤单地生活,等待着喂食,偶尔继续一只年轻猫该有的好奇,到处探险。譬如走到池边,尝试捕捉锦鲤,探触花丛的枝丫。小小池塘其实有明显的界线,小狸不敢跨越到对岸,走进母

褐嘴正在如厕，之后未清理排遗，直接钻入洞里，只露出一截尾巴，举止怪异。

年轻的探索者 小狸　105

亲栖息的家园。

小狸最常出现的位置在余园南侧的岩石上，属于边缘环境。它经常在那儿趴卧，有时也跟其他猫一起，但并未找到搭档。或许还要经过长久的摸索，才能被其他猫认可。就像年轻的狮子在草原，迟早会遇见伙伴，等自己够强大了，才能建立自己的领域和王国。此一阶段，小狸仍在探险中成长，还在追寻被伙伴认可的阶段。

四年后，我回到岭南校园，遇见了好几位老朋友，其中印象最深刻的是小狸。一接近余园，远远地第一眼，就看到它雪白的身子，以及那根鲜明的狸尾。我随即联想到初次遇见时它在北峰的探险。那尾巴鲜明而兴奋地摇摆着，跟洁白的身子形成鲜明的对比。

小狸仍栖息于老环境，北峰北面的山坡地，以及余园水塘的南岸。根据同学们的观察，两年前，它早从被其他猫只欺负的小弟，跃升为老大，现在更是大佬。一只猫从小慢慢成长，若能安然无恙，势必会经历这些阶段。从一只地位最低阶的成员，慢慢进入核心，逐渐在生活的区域掌握较大的控制权。

换算一下年纪，从出生到此时，小狸应该接近六岁了。虎地猫过去在校园长大，曾有十一二岁的长寿纪录。

年轻的小狸还没找到搭档。

年轻的探索者　小　狸　107

一般巷弄的街猫，难有这样的存活机会。余园集团的猫如今多半不见，但小狸仍只待在过去生活的地方，生活圈一直在此不变。一群街猫若形成集团，假如没人为干扰的因素，或者环境破坏，它应该会永远在此。

它仍跟过去一样，喜欢从岩石上观看池塘里的锦鲤，或长时趴躺在岩石上。然而，四年前青春美丽的身影，如今变得苍老憔悴，脸颊更加瘦削，身子亦愈单薄。也可能患了什么皮肤病，两耳皮毛落光，红通通地秃裸着，夹杂着一些搔痒的痕迹。身形有种说不出的懒洋洋，俨然是老猫的常态，不再有过去的年轻好奇和优雅。

我可以想象四年多来，它在此生活的模式，慢慢地从阶级地位最低的菜猫，逐渐爬升。生活原本即已如此定型，现在愈加安稳。池塘旁，猫只不多，还有一两只猫散落在周遭，我不识得。按过去对此一核心环境的认识，应该都是新进来的，这些弃猫会尝试加入，逐一递补消失的集团成员。它们也会跟小狸一样，慢慢地从菜猫的位阶爬升。

小狸如是长大，或许也是最常见的虎地猫成长典型。

五岁多的小狸健康不如以往。

小狸经常观看池塘里的锦鲤。

三岁的小狸依旧喜欢在岩石上消磨时间。（嘉晴提供）

年轻的探索者　小狸

小 狸

一只幼猫的养成

势必包含不断地探险和犯错

也许,冲撞不出体制之外

但至少会悄然地

成为知悉规矩者

深宫大院的太监群
余园集团

虎地猫最为庞大的族群,乃余园集团。在此中式庭园,它们密集地散布在池塘周遭。或有单独栖息,以及二三成群者。天气晴朗时,常有学生利用庭园的桌椅看书、打电脑,虎地猫则在周遭徜徉。

余园集团的主要成员,包括了红线、黑鼻、灰鼻、小黑、半脸、小褐鼻、小短尾和梁小虎。它们集聚成团,但也有在池塘边缘,镇日形单影只的,诸如一线、红眼、三点和大嘴等。它们为何选择一只猫的状态,委实难以分析。我只隐隐感觉,年轻和患病者居多。

水塘岸边多石头修筑的石壁,单独栖息的,偏好趴在岩壁边缘,占据一有利的位置,慵懒地享受阳光照射。有时或许会为喝水而趋近池边,但多半时候像一名钓翁,想捕获水里的锦鲤。我看过几回,当锦鲤不小心游近岸边时,好几只猫都意欲扑上去。

阳光正好，黑鼻、灰鼻和小褐鼻（由左至右）在中式庭园的矮墙上打盹、理毛。

深宫大院的太监群　余园集团

虎地猫

余园集团众猫很能享受水池岸边的惬意。

深宫大院的太监群　余园集团

当然，这个赌注甚大，一不小心或许会栽落水塘。几次水塘边的巡视，我发现过一两具干瘪的鱼骨，显见半夜时曾有虎地猫猎捕成功。新鲜的鱼肉绝对比干粮美味，难怪猫们会接近，嘴馋吞涎地观看。

余园集团的主要成员，仿佛一群僧院的长老，它们跟形单影孤的不一样，多半无此捕鱼乐趣了，几乎仰赖学校爱心人士早晚的喂食。它们常三两结伴，趴躺在餐桌区。猫的睡眠，一天往往需要十一二小时，才足以支撑平时活动所需的体力，这群猫仿佛睡得更长，每只醒来就是在等吃，吃饱了便睡。

余园集团里，我最早注意到的是母猫红线，拥有此间最为肥硕而优雅的身躯，宛如一只大胖猫。位阶最高的可能是小短尾，活动范围略广，有时会出现在北峰树林。小黑最怯生，几乎不跟人接近，常常钻入下水道，我怀疑它也是跑单帮的，偶尔回来。黑鼻比较敏感，经常因人的接近而远离，灰鼻可能是它的兄弟，长相近似，更亦步亦趋。灰鼻偏爱串门子，喜爱跑到喷水池找小可怜。我这样叙述，大抵说明，虽是同一个团体，但虎地猫的个性还是分明的。

它们也展现了一个团体的特质，群居避寒，一起等待喂食。它们栖息于最核心的位置，不虞食物来源的匮乏，因而地盘最狭小，本身之间也缺乏竞争关系。多数猫较少

睡着，醒了，都窝在一起。

池里的锦鲤令虎地猫虎视眈眈。

深宫大院的太监群　余园集团　117

有追逐或好奇小动物的机会。不像其他区域的猫，还有些野外的刺激。

一只猫的一天生活、走过的路线为何，以前有一日本猫书描述得很传神，仿佛有固定路线，走上四五百米的长路。我的观察经验并非这样。那恐怕是一只跑单帮的猫，才会如此辛勤，而且位阶处于优势，食物不致欠缺。

虎地猫多数不愿意跑太远，尤其是接近食物核心地区的，领域不仅跟大家重叠，也谨守狭小的范围。余园集团的猫便满足于现状，好像世界是一座小小的孤岛。那疆界也不需要地理隔阂，它们自然就会划出一条看不见的鸿沟，清楚地画地自限。

它们多半慵懒而缓移，不太会机灵地躲闪人，更不可能看到人即远远跑离。集团生活除了缺乏个性外，最让我惊疑的是，观察三四个月后，灰鼻消失了，小褐鼻消瘦了。连胖嘟嘟的红线可能因长时吃到不好的食物，患了莫名的病，顿时萎靡如乞丐之形。

究其原因，池塘环境狭窄，整个集团老是在几个浅纸盘食用饲料，若有一只患病，其他也很容易因群聚而感染。

池塘边其他单独活动者也是。因为生活圈相近，都有病菌感染的问题。歪嘴不知为何患了口炎，舌头不时吐露。红眼、小两点、一线的眼睛都罹患某种类似分泌物过多的

灰鼻（右）喜欢找小可怜（左）串门子。

黑鼻（左）和灰鼻（右）交情好。

红线生病前（上），红线生病后（下）。

深宫大院的太监群　余园集团　119

病症。红眼更只剩一只眼睛可以观看,最后食物愈吃愈少,镇日趴在石头上,连炙热的太阳照射上身,都懒得移动了。

每次看到这只公猫病恹恹的样子,我都很难过,却又不知如何帮它。红眼如罹患癌症末期般,绝望地拖着日益消瘦的身子。没多久,便消失了,应该跟其他患重病的猫一样,自寻一黑暗之处,终极隐逝。

其他跑单帮的也不用赘述,就是这么非正常街猫地活着,完全仰赖师生供给食物。从家庭宠物,变成学校宠物。

余园集团的猫群,都有自己的池岸领域,虽不明显,但活动范围大抵固定。我要找到它们也最容易。它们只在黄昏进食时,走到放置饲料的地方,平时多盘踞在自己的岩块,偶尔离开。只有下雨时,才会躲藏到石头下的洞穴。

美丽而年轻的小狸,有时也在旁远远见学,但一如在北峰树林的笨手笨脚,总是徒劳无功。或许当它成功捉到第一尾锦鲤时才算长大。自信心产生了,它便可加入集团的行列,或者,成为跑单帮的成员。

池塘边展现过度拥挤的孤单,虎地猫在这儿明显自我退化、消逝。多数都结扎过,午夜也较难听到街猫的凄厉叫春,或彼此之间的活络吵架。这儿真像紫禁城的深宫大院,大家继续被动地跟着食物,缓慢而肥胖地移动,也带着高危险的传染病源生活着。

接近喂食时间，余园集团的众猫们早已集聚在放饲料的地方。

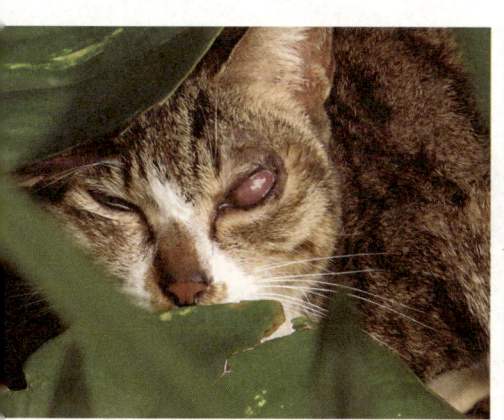

红眼的一只眼睛不知何时受伤了。

灰鼻日渐消瘦，后来不见踪影。

深宫大院的太监群　余园集团

余园集团

世界并没有变湿冷

但它们仿佛瑟缩着自己

一只跟一只,缓慢地

被迫走在泥泞的路上

鲁蛇①的生活
灰 毛

每天晨昏时，龟塘帮成员多半会集聚在双峰山山脚下蹲伏。每只的脸都朝行政大楼眺望，期待着某一学校的行政人员，携带猫食出现。

龟塘帮的栖息环境辽阔，它们得以各自活动，彼此间很少形成余园集团的集聚行为（譬如三四只睡在一起，或者共食一堆浅盘的食物）。这样保持适当的距离，降低了群聚感染疾病的概率。

平时，若无一条龙带来的小小骚扰和波动，这儿仿佛处于安静又平和的状态。或许是最适合虎地猫栖息的校园环境。

猫的竞争和阶级关系，在此一食物充裕的校园环境并不明显，只有在吃饲料时才会展露。但彼此间仍有一种默契存在，似乎通过某一个直觉和感受就能了然。猫与猫间

---

① 鲁蛇，台湾地区流行语，由英文"loser"音译而来，意即失败者。

红耳是龟塘帮的老大。

吃东西时，其他猫都要先礼让红耳。

不需要张牙舞爪，威吓对方。此一状态仿佛某一行之久远的政治礼节，小小一个谦让或超前，都已清楚透露讯息，无须太多其他动作。

有天早晨，我观察到一次进食行为，终于确切知道它们间的位阶关系。经常照顾虎地猫的警卫，再次拎着猫食走到山脚。龟塘帮都识得，安心地走过去。警卫像一位蒙古烤肉的主厨，熟练地沿着护墙，倾倒了四五小堆猫食，让它们各自散开来，安心地吃食，避免出现争抢的情形。

我注意到半白、红耳和小灰头等四只，高竖尾巴仿佛撑着旗帜，迎接警卫到来。进而排成一列，收尾，专注地享用晚餐。未几，灰毛蹑脚到来，站在后头等待。我发现有好几回喂食，它都落在后面，也未举尾示意。举尾除了欢迎喂食者，似乎也在证明自己有最先食用的权力。灰毛的地位较低，不敢举尾，只能站在后头，等大家先用餐。之后，再跟随。

原本以为，大家吃完就换它了。不料，还有一只，不常见的，叫三点。当红耳等吃到一半时，三点先过来观看。此一动作透露，它的地位明显比灰毛高。直到这些虎地猫都饱足了，才换灰毛挨过来，清理剩余的食物。

由进食的状况研判，粗尾的红耳跟半白常最早吃，可能位阶最高。灰毛则可能是龟塘帮地位最低的成员。后来

早上六点多警卫摆放饲料，龟塘帮依序就位（上），灰毛在后方静静等待（下）。

鲁蛇的生活　灰毛

不知何时三点现身，它走到龟塘帮身边，东张西望，望眼欲穿。灰毛则闭眼休息，如老僧入定。终于有个成员吃完离开，三点转头望向灰毛，不知是否告诫它，还轮不到你！

鲁蛇的生活　灰　毛　129

我更发现，不仅喂食时，灰毛落在龟塘帮所有成员之后，连三块或三条这些跑单帮的，地位都比它还高。

灰毛不仅地位低，全身也总是脏兮兮。只见它常要死不活，趴在树林的落叶堆里睡觉，或者孤单地走向无人理睬的食物，连一起卧眠取暖的伙伴都找不到。

我原本以为，它患了什么病，放弃照顾自己。直到有回半夜，才看到它展现的活力。

行政大楼和双峰山间的广场有一水塘，十来只巴西龟栖息其间。水塘不大，约莫一辆轿车宽度，塘心有一小岛。这群巴西龟平时喜爱爬上小岛曝晒，伸脖晒颈，久久不去。

虎地猫平时看似不搭理它们，却常走到水塘舔水。这儿仿佛是涌泉的圣地，好些虎地猫特别偏爱在此驻足。原来，猫的鼻子相当灵敏，新鲜的自来水往往含有浓重的化学物，还加了很多氯，容易产生气味。相较于此，户外水洼和水池里看似污浊的脏水，天然而无味，反而吸引力更强。

除此，水塘还有什么特色呢？

半夜时，这儿出现了危险的猎捕游戏。猎物是巴西龟，猎捕者自是虎地猫。夜深之后，巴西龟会设法游到岸边露脸，也许是想寻个地方休憩，或者寻找什么。这时龟塘帮的猫们会潜伏到旁边的灌木丛，趁势出手逮捕。

红耳在水塘边喝水。

龟塘帮平常大多在龟塘周遭活动,上图绿篱内即为龟塘。

有天半夜，灰毛蹲伏在水塘边，前爪早已就绪，就等一只巴西龟露出水面，趁它未及应变，想要一掌掴下，顺手擒拿上岸。乌龟上了岸，虎地猫即可完全掌控其命运。

灰毛耐心地等待着，有只巴西龟如它预期，在它掌握的位置露出身子。灰毛毫不犹豫，一掌即快速出击。但不要看巴西龟平常动作缓慢，此时它何等耳聪目明，似乎未浮出，就隐隐感觉岸边有潜伏者。因而本能地一缩，只留下空荡的水波。

灰毛初次攻击落空后，缩回湿漉漉的前爪。但它并不死心，依旧蹲伏着，虎视眈眈地注视水塘。几只巴西龟早已机灵地转换位置，从另一头浮出，仿佛在耻笑灰毛。灰毛却也未失去斗志，干脆趴在那儿闭眼。

有只巴西龟看它放弃了，安心地游过来，意欲上岸。此时却见灰毛前爪迅速伸出。原来，灰毛一直在装睡。巴西龟确实挨了它一攫，但毕竟是在水中，再如何重击，它还能沉入水里躲避。灰毛差点成为最早捉到巴西龟的虎地猫。但能以此痛快一击，回应刚才被戏弄的窘态，就足以扳回一城了。

隔天一早，我再经过双峰山。一群行政人员正在喂食，几只龟塘帮的猫专注地吃食，只有灰毛懒洋洋，仍然如过往，落在众猫后头。如果没有昨晚亲眼看见，我还以为它早就放弃自我，勉强苟活。

灰毛像没脾气的好好先生，仿佛没什么野心，总是独自卧趴。

鲁蛇的生活　灰　毛

灰毛

仿佛最弱势的一员

一直在角落等待机会

但机会如落叶的轻盈、飘飞

一面之缘
陌生客

那是我见过最惊恐的画面。

有天早上,我如常在中式庭园,伫立池塘旁观看锦鲤。歪嘴慵懒地躺在大石上休息。对面的石块上同样散布着其他虎地猫,各自闲逸地趴躺。

这块大石接近余园集团的范围,但集团成员很少停留,通常只有歪嘴会爬上大石。如果天气阴灰,它会一整天趴卧、打盹、舔毛,直到用餐时才离开。歪嘴多数时间单独活动,池塘边有好几只都如此,明显缺乏走动。

我接近歪嘴,想要瞧瞧它的近况,突然间,大石下竟有一只猫,缓缓现身。它似乎躺在池塘边许久,准备离开了。只是它才露出脸,我便被那张可怕的面容所震慑。

它仿佛才跌落黏稠的油漆桶,辛苦地爬出。整个脸湿皱成一块,毛须纠结,分辨不清鼻嘴,只一对眼睛勉强露出,哀怨而悲惨地望着我,内心似乎在喊:"救我!"

但那瞅望又深深地隐藏着毁灭，不期待任何帮忙。我呆愣着，手上持着相机，几乎按不下快门。最后它投以放弃的神色，低垂着头，慢慢露出全身。紧贴着大石，缓缓移动。仿佛只有大石能够给它力量，又仿佛在告诉我，你看这是什么环境，造成我如此绝望地活着。

整个身子露出后，它的外形更加凄惨，干瘪而濡湿，明显地拖了一个病身在苟活。过一阵，它再度抬头凝视我。好像我代表着整个世界，或是人类，它则代表街猫族群在城市的不幸，以自己的可怜身形面对我。长时接触街猫以来，这是我最害怕正视、束手无策的一回。

余园集团的十几位成员，我几乎都认识，它从何而来，却无法知晓。它或者因病入膏肓，绝望地隐匿了自己的身子，最近才试着走出阴暗的空间，刚好被我不小心遇见。

它停下脚步，又望向我。我充满庞然的愧疚，像做错事的孩子，杵立着，不敢离去，但脸稍稍撇开。

它可能患了猫艾滋，因而造成这样颓败如鬼的身子。我的不知所措，似乎让它的绝望更深。它随即再慢慢移动。身子继续摩擦着大石，似乎想擦掉痛苦。紧接着，举步维艰地踏出每一小步。每一步都像千斤大石，深沉地踩踏在我的胸口。它又走了三四步，抵达一处黑暗的隙缝。蹲下来，努力把自己塞了进去，最后只留下尾巴。

又过一阵，连露在外头的尾巴也收缩进去，仿佛不想给世界任何一点不净。那狭窄不规则的暗洞，只招来几只苍蝇在洞口飞舞。

那儿仿佛是地狱的入口，它走了进去不再出来。后来的一个星期，我每天都在洞口凝望着，都未再见到它，只有苍蝇飞绕不去。

两星期后，换小狸的妈妈褐嘴也诡异地走了进去。又过两天，褐嘴在洞口外不远处，病殁了。

从流浪猫的角度，周遭许多下水道形成的黑暗环境，是它们熟悉而温暖的甬道。一走进去，仿佛能够摆脱地表世界突如其来的不测，但这洞口仿佛带着不祥，通向死亡。

平静的洞口，仿佛未曾发生过任何事。

陌生客令人惊恐不忍的画面，昭告了街猫悲惨的余生。

一面之缘　陌生客　139

陌 生 客

它不是地狱来的恶魔

而是放弃天堂和自己了

积极进取的典型
灰头盖

母猫灰头盖出现于现代花园时，那儿已形成一个稳固的五人帮集团，容不得它的加入，它只能等待机会。

初时，这个集团的成员有四只。分别是全身金黄毛皮的黄小虎、嘴巴白净的小白嘴、鼻子像酒糟鼻的小红鼻，还有黄褐交杂的中背黄。后来，脸部暗褐色的杂脸紧跟在旁，进而被团体接纳。

这一逐渐形成的团体，拥有一块宽阔的阶梯领域，庭院有小溪穿过。环境优质，每一只的生长明显比余园集团良好。极欲寻求认可的灰头盖看在眼里，恐怕愈加向往。

五人帮常集聚休息，隆冬时，多在草圃蜷伏，缩成小团，彼此取暖。有时则分成两团，保持不远的位置。然后，长睡很久醒来，各自梳理，再一起去觅食区找饲料吃，或者等候食物的到来。平时照面时，彼此以头碰头，相互蹭来蹭去，表示亲热和熟识。

五人帮经常窝在一起休息、取暖。

积极进取的典型　灰头盖　143

它们掌控了整个现代花园的主要区域。睡觉的地方多半在树荫下的开阔草地。小白嘴和小红鼻体形壮硕，身形最接近，彼此感情亦好。我初时以为，这五只的老大是黄小虎；时日一久，从吃食的顺序研判，小白嘴和小红鼻的位阶似乎最高，小白嘴更显突出。

它们的栖息位置紧邻着白脸集团。五人帮成员众多，有公有母，食物不虞匮乏。它们亦不逾越，从不随便跟隔壁的白脸集团挑衅。

在紧临白脸集团范围的地界处，仿佛有一条隐形边界存在着，不得随便超过。每当其中一只起身游荡，接近两集团边界时，我的心里都会暗自喊道："应该折返了吧！"

果然，五人帮的猫走到某一接近白脸集团的草地，或者任何空间时，都会停下脚步。我想那儿应该散发出一种气味，或者是某一猫才知晓的疆界记号。它们清楚意识到，那儿不能再往前，随即再缓慢地绕回自己的家园。

此时，灰头盖在游泳池这一头，孤单地趴在木麻黄树下的草地，窥望般地远远观察。它可能一直在脑海里盘算，应该如何挤进集团，才能被众猫接纳。

有好几回天冷时，五人帮众猫趴躺草原。生性多疑的灰头盖在不远处的草丛醒来，脸不自觉随即朝那头望去。

五人帮经常以头碰头打招呼。

积极进取的典型 灰头盖　145

灰头盖孤零零等待机会。

灰头盖不敢随便靠近五人帮。

小白嘴进食完才轮到灰头盖吃。

小白嘴经常教训灰头盖。

146　虎地猫

小红鼻是小白嘴坚定的后盾。

四缺一的五人帮。

积极进取的典型 灰头盖 147

五人帮的位置，它不敢随便靠近，仿佛那儿是禁地。同时，它也很担心它们晃荡过来。灰头盖的地位明显低了好些，虽未受排挤，却也没被认同，只能在角落窝居。

偏偏，五人帮栖息的位置，最接近校园师生摆置饲料的地方，灰头盖若想获得较好的食物，都得小心翼翼到那儿去。因而每次去，都得异常谨慎，生怕被五人帮看不顺眼，冲过来欺负。

另外，还有一只黄猫，叫淡小黄，同样也是孤单身份。综观集团的势力范围，它栖息的位置更偏远，紧靠游泳池旁边的高压电塔下，地位又比灰头盖更加卑微。

灰头盖在此生活，最倒霉的遭遇，大概是被小白嘴教训。

一次，灰头盖趁大家在休息，走到一处边角的水沟吃饲料。淡小黄察觉它要接近，机灵地先溜走，免得遭它攻击。按理，这儿也是边陲，并非五人帮常栖息的位置，怎知当它吃到一半，赫然发现，小白嘴不知何时已挨到它眼前。

它愣了一下，小白嘴靠过来，冷冷地嗅闻它。灰头盖继续惊愣，不知如何自处，也无法忖度小白嘴即将要做什么。但它本能地往后缩紧身子，退一小步。说时迟，小白嘴毫不给机会，随即伸爪横扫过来。还好灰头盖够机警，

灰头盖（上）总是独自在木麻黄树下，不敢逾越。五人帮则集聚一块，或在不远处，如中背黄（右中）。

积极进取的典型　灰头盖

小白嘴驱赶灰头盖，灰头盖退了几步，小白嘴继续发动攻势，灰头盖随后逃到水沟下。小白嘴还不罢休，在上面守着，最后干脆趴卧下来，继续对峙。

积极进取的典型　灰头盖　151

一个闪身，夹尾溜走。它迅速躲进旁边的水沟盖里头，仗着这一倚靠，抵挡小白嘴的攻击。小白嘴站在水沟盖上，不时用前爪逗弄，且透过缝隙观察了好一阵。灰头盖再如何笨也不会贸然露脸，更没勇气出来。

僵持好一阵，小白嘴悻然离去。许久之后，灰头盖心有余悸地冒头。那时我才恍然明白，平日它常朝五人帮眺望之因了。我也看到灰头盖脸上鼻梁间有一道伤痕，也不知何时被谁教训了。总之，灰头盖照旧孤独地在木麻黄树下休息，继续远远眺望五人帮的动静。

但一个月后，灰头盖的位阶有了略微调整。此时，五人帮有些转变，因而让灰头盖有了进一步加入团体的机会，慢慢地从一个外来边缘的角色，逐渐攻占更核心的位置。

五人帮最大的变化有二。

中背黄逐渐落单，当大家集聚时，它多半滞留在领域中的水池边。我怀疑它患了某种疾病，因而身形日益消瘦，仿佛在那儿消磨病痛。

黄小虎也不像其他三只健壮。它常独自跑到白脸集团栖息的边界活动，或者单独爬上大树干远眺或休息。这是什么原因，很难解释。街猫在野外的生活度日如月，各种危险随时都会发生，包括疾病的传染。虎地多猫，饮食起居密集，染病概率也比家猫大许多。现代花园再开阔，还是免不了感染。

从这时起，这个集团逐渐改由其他三只领导，彼此继续偎倚生活，形影不离。

每早灰头盖继续按旧习惯，从下水道露脸，梳理身上皮毛。若不到木麻黄树下，观望一阵后，就会去寻找食物吃。以前它偏好去淡小黄出没的位置，那是它过去较常滞留的地方，现在偶尔会靠到五人帮集聚的草地。灰头盖趁它们趴卧时，到那儿偷食。发现没受到威吓，次数便也逐渐增多。

有回下午，爱猫人珍妮在喂食，五人帮全部靠上，小白嘴先吃，接着小红鼻、杂脸、中背黄和黄小虎依序跟进。五人帮吃得津津有味时，灰头盖出现了。它在其中穿插，发现毫无容身的位置，根本不敢过去抢食。但它等待着，等小白嘴和黄小虎吃完离去，便大胆趋前，大口抢食。等其他猫也吃完离去，它仍继续在那儿猛吃。这时我发现，灰头盖明显比以往肥胖许多。

黄小虎（右一）本来常跟小白嘴、小红鼻在一起。

①

五人帮各自占据一个饲料盒，埋首进食。

积极进取的典型　灰头盖

灰头盖从角落现身，它穿梭其中，等到有成员吃饱离开才敢吃。大家都离开后，它仍独自梭巡捡食。

156 虎地猫

积极进取的典型　灰头盖　157

那天进食完,灰头盖还在当地停留一阵,其他猫并未理睬。接着,它满足地走回木麻黄区的老据点。突然间,看到不远处,淡小黄居然在快乐翻滚。那位置或许超越了淡小黄不可逾越的界线,但只是超出一点而已。灰头盖却不知何来的酷劲,顿时大发雷霆,迅即追逐过去,展开无情的攻击。淡小黄吓得躲回电塔附近,不敢再出来。

灰头盖明显无法忍受阶级比它低的淡小黄竟拥有快乐的生活。最好你我都是卑微而忍气吞声,不存在般地存在着。

那时我恍然明白,淡小黄平时为何都躲在高压电塔下的一角休息、玩耍,怯生生地不敢随便露脸。原来,灰头盖一直在监督和压制它。

灰头盖虽然对淡小黄凶狠,却对另一只新来的猫小黑手采取宽容的态度。小黑手生活得很谨慎,同样游荡在边缘。灰头盖只针对淡小黄,因为淡小黄的地位最接近它。它的策略是盯住淡小黄即可,新来的小黑手,交由淡小黄去对付。

现代花园里众猫之间的阶级地位、大小秩序,鲜明地绽露。团体的力量最大,那些单独生活、积极想加入的猫

淡小黄安身在电塔下。

小黑手位阶最低。

黄小虎后来被灰头盖欺负。

积极进取的典型　灰头盖

只，只能依序于后排列，等待加入。

后来灰头盖不只教训淡小黄，有天用完餐，看到黄小虎站上高墙，似乎看了很不爽，马上过去挑衅。黄小虎退让了，但这一闪避，让灰头盖得寸进尺，掌握机会继续追击，当着小白嘴的面，欺负黄小虎。此后，黄小虎总是很小心灰头盖的动作。

从灰头盖的行径，我看到街猫的生存策略，以及如何晋升到集团核心的方式。它必须随时欺上压下，才能保持自己的阶位。我几乎可以想象，再过没多久，灰头盖会变成核心成员，甚至挑战小白嘴，跃升为集团的老大。

跑单帮的猫，喜爱大范围到处游荡，这一类多半信心十足，个性强势，但为数不多。还有另一种单独的，多半像灰头盖，惯性地屈就于一个地方，努力在那小小范围里，争取自己在集团的地位。

现代花园是灰头盖的家园，也是老被它欺负的淡小黄的世界。果然，那年秋日，灰头盖终于有机会和小白嘴等偎依在一起，而淡小黄取代了它先前的位置，但也继续紧盯着那只新来的，绝不允许它大刺刺地现身。至于黄小虎，它正在老去，逐渐边缘化，迟早会消失。

　　灰头盖汲汲于生存的努力，应该是很多街猫在外成长奋斗的缩影，希望它拥有许多幸运，活得够久。

灰头盖

每次醒来，都要确定阶位

确定自己的茁壮

不容其他竞争对手逾越

也随时争取被认可的机会

小白嘴

寂静不动

沉稳如山

所有威严都从它脚爪下延伸而出

隐隐成为集团里最强大的安定力量

双人组的奋斗
白脸集团

开阔的永安广场，衔接着穿堂和校门，乃多数师生进出的必经之地。

但对虎地猫来说，此地犹如沙漠横隔。两边各有集团，彼此少有往来。此两地也都是虎地猫最核心的据点。左侧为现代花园，乃五人帮的地盘。右边中式庭园，散布着余园集团成员。它们各有八九只到十来只，在领域里来去。余园面积不大，猫群来往紧密，容易感染疾病。现代花园地形较为辽阔，虎地猫患病情形较少发生。

有趣的是，现代花园和永安广场间，还有一小块环境，属于白脸和怒脸这对公猫搭档的领域。那是一处狭长的花圃，园区内主要有凤凰树、细叶榕和树头菜等大乔木遮护，树下合果芋密生。

隆冬时节，细雨绵绵，这对猫经常蜷缩身子，在大楼下避雨的位置偎靠一起。等雨停了，往往移位到青绿浓密

白脸和怒脸藏身在合果芋园圃里。

双人组的奋斗　白脸集团　167

的合果芋园圃，镇日趴伏在那儿。合果芋株株长得像姑婆芋幼株，叶大而隐秘。它们躺在里头，任何人走过，若不停驻或者仔细观看，难以窥察到里面的情形。

天冷时，虎地猫常集聚并睡，甚而亲密地偎倚一块。猫本来就需要大量睡眠，此时愈加爱卧躺。从楼下俯瞰这等众猫集聚酣睡的姿态，远比亲近抚摸，让人更感温暖。

白脸和怒脸，这对公猫更是超乎寻常的相亲相爱。或许也是这层强有力的伙伴关系，才能在两大集团间，挣得此一位置。平常只见它们相互倚靠，蜷曲成团，不时以前爪攀搭对方身子，相互舔舐对方头部，帮忙梳理这一难以自我清理的部位。

醒来活动时，更是出双入对，一起觅食，一起徘徊，焦孟不离。白脸比怒脸敏感，一有状况都先惊醒，率先离去。怒脸再跟着起身。两只猫会不会势单力薄，难以对抗其他集团？一点也不，两只都长得健壮高大，因而在两大集团中，还能维持一定势力范围，不管哪边，都有一道清楚的隐形疆界。五人帮紧邻在旁，却清楚范围，绝不越界。遑论余园集团，隔着宽阔的永安广场。

这一领域也不只有它们。还有两只算是寄人篱下，分别是小可怜和小黑点。这两只虽常一起出现，但各自

白脸和怒脸相亲相爱，相互帮忙理毛。

白脸（左）和怒脸（右）出双入对。

双人组的奋斗　白脸集团

活动。

　　公猫小黑点栖息的位置，接近白脸和怒脸，但很怕被它们察觉。有一回，它在凤凰树下被怒脸修理后，惊吓得不敢再在那儿现身。它被迫退到后头的喷水池活动，跟怒脸保持距离。

　　母猫小可怜长得瘦小，白脸搭档根本无视它的存在。它是只暗色虎斑猫，瘦弱而娇小，很爱黏人。落单的它一直在寻找伴侣，试图亲近其他猫。

　　我初来时，小黑点本来有一位伙伴，叫短尾，两只形影不离，生活在喷水池附近。有天黄昏，三位学校的行政人员带着纸箱前来。她们是爱猫人士，最近喂食时，注意到短尾的眼睛不太对劲，可能有大量分泌物。她们试图捕捉，带到兽医那儿看病。

　　麻烦的是，她们没有捉过猫，遂要求我帮忙。我们利用饲料诱引，或者以众人之力围捕，结果耗费了两个小时，最后宣告放弃。在捕捉等候的过程里，我跟她们闲聊，这才得知，学校里不少猫都有肾衰竭或者猫艾滋的问题。这些有爱心的人士时常自掏腰包，带学校的猫到外头去看诊。

　　隔天，她们改用坚壁清野的策略，只在笼子里摆放饲

小黑点（上）失去同伴短尾后，宁可独处，也不理会小可怜（下）。

小可怜想要一个同伴。

小黑点局限在喷水池附近活动。

双人组的奋斗　白脸集团

料，才逼使短尾就逮。怎知，带到动物医院后，因生病过重，无法医治了。害得大伙儿很自责，也很伤心，早知有此结局，还不如让它在这儿自然消失。

短尾不再回来后，小黑点孤零零，常在喷水池晃荡。有时小可怜想靠近，但小黑点保持距离，不想跟它结伴，宁可独自活动。

话说白脸搭档偶尔会到喷水池觅食，小黑点自是闪得远远，小可怜也会跟它们保持距离。多数时候，白脸集团谨守在此一狭长地带游荡，不会越过此区，跟其他两区的猫冲突。

整个冬天，白脸搭档多半在合果芋园圃变换栖息位置，日子过得优哉，直到旁边的大楼开始整修。

大楼修建时要搭鹰架，整个地貌大幅改变。此时，白脸搭档还能忍受工程的敲打声。不久，第三只猫也介入了，一只偶尔出现的短尾猫红鼻子。红鼻子跟它们先前是什么关系，我不甚清楚。但初春以后，这对搭档变成三人行，一起睡在合果芋园圃。更多时候，还是红鼻子和怒脸一起，反而让白脸落单了。

等鹰架搭好，建筑工人进进出出，油漆污渍掉落许多，合果芋园圃受到很大影响。三人行的情况又有了改

短尾（右）和红鼻子（左）先后罹病。

白脸后来变成独行侠。

双人组的奋斗　白脸集团

虎地猫

红鼻子成功插足，双脸组变成三人行。

双人组的奋斗　白脸集团

变。白脸继续单独来去，仿佛独撑大局，怒脸和红鼻子则跑到他处。

天气逐渐炎热，虎地猫不再爱相互倚靠。又过一阵，红鼻子得了肾脏病，变得愈来愈瘦。怒脸也很少跟它走在一块，不知去向。整个区域又剩下白脸孤立着，还有小可怜在游荡。

现代花园的猫群大概感受到了邻居的变化，想要逐渐扩大生活范围。以前白脸和怒脸活动的水渠边，现在逐渐有五人帮进出。

人类对环境的干扰，明显地改变了一支族群的命运，包括它们之间的关系和生态。但这只是一件微不足道的小事，不会有人注意。我在台湾也遇过好几回同样的情形，一群猫的稳固关系和阶级地位，因建筑工程带来了环境变化，整个族群的关系快速瓦解。

我最怀念站在二楼阳台，往下俯瞰，凝视着它们在草地里紧紧相拥入眠的情境。街猫若有此美丽时光，想必是最大的幸福了。

怒脸不知去向，真希望它依旧躲在合果芋园圃里。

白脸集团

睡觉时，它们常以脚勾搭

展现坚强的友谊

相互的支持

圈出最小而美丽的家园

幼小的新住民
小山果

旅居的最后一个月。星期一早晨,经过余园池塘时,听到了小猫的凄厉叫声。

乍听到,还以为是黑斑怀孕生出的孩子,终于出来活动。等到接近,才发觉不是那么回事。阴暗的观音棕竹草丛里,有只褐白色的小猫正在哀号。那只小猫看起来才刚刚断奶便被遗弃。可能是昨天假日,有人偷偷带到学校来丢置。

不少人知道虎地照顾了许多街猫,因而欲弃养时,都会想带到这所大学。虎地为何多猫,主因便在此。其后来的发展一如猴硐猫村,假日时常吸引游客走访。小山果,无疑是在此一背景下,莫名地被人带到此的。

小山果似乎以花圃墙角的地洞为家。那是条扁长的隙缝,它只敢站在那儿鸣叫,一有任何动静随即躲回地洞里。从小即具有这样的避敌意识,我研判,它原本就是在

初到校园，小山果躲在观音棕竹草丛里，露出一双明亮的大眼。

较为不友善的环境中长大,只是不知何故被带来。

它似乎也很困惑,自己为何出现在此,于是大声哀号,叫得周遭都听得清楚,但一看到人接近,马上机灵地躲入护墙下的幽暗地洞,迟迟不愿出来。有时只在洞口露出模糊的小脸,怯生而惊恐地看着外头的动静。后来,观察了三四天,才清楚窥见,它拥有褐斑白毛的外形,以及一截丑陋的短尾,好像松脱的绒毛。

乍闻其哀号时,再看到一对大耳、瘦小干瘪的身子,很担心它还未断奶,饮食会否出现问题。爱猫人士放置的食物,多半是干饲料,我更怀疑小山果是否咬得动。况且食物离它至少五米远,摆置于空旷地区,中间都是隐秘的盆栽草木。我担心,它可能无能力或者没有勇气走到那儿觅食。

更重要的是水源。饿肚子是一回事,没有水,恐怕难以生存。所幸,那几日落下毛毛雨。但我仍担心,小山果是否能及时取得水源,或者只能就着树叶,沾一些水分撑住瘦弱的身子。

隔天,不在此喂猫食的我,还是破例买了鲭鱼肉的猫食罐头。一大早便把食物放进四方形纸盒,放到洞口上方的小平台。不消几分钟,小山果闻着美味,跳到那儿大口

小山果经常瞪着大眼,一脸惊恐。

担心它撑不住,我买了一回猫食罐头。

幼小的新住民 小山果

嚼食。我想,它八成是饿坏了,埋头稀里呼噜,很快就吃得一干二净。鱼肉罐头含有酱汁,看到它吃饱,我当然安心许多。它能如此敏锐地嗅闻到食物,马上跑出来吃,足见已拥有寻找食物的能力了。

虎地许久没有年轻的小猫出现,除了小狸之外,它是最小的。虽是外头进来的弃猫,但看到它出现在校园,还是感到添注新生命的振奋。

不过,我这一放置罐头食物的行动,引发了旁边余园和龟塘大猫们的觊觎。对它们而言,干饲料犹如每天都在吃的卤肉饭,突然间罐头出现,仿佛牛排大餐一样。我离开不到一分钟,便有大猫接近。我只好爱屋及乌,顺便喂食,以免这些大猫抢夺小山果的食物。

好几次,我看到大猫在洞口出现,小山果也会惊吓地躲回洞口里,显见它不只对人陌生害怕,对其他大猫亦充满防卫之心。

过了两星期,小山果的行动能力明显增强,活动范围逐渐扩大到三米外,也开始啃干饲料。同时,常在洞口玩耍,好奇地捕捉飘飞而过的蝴蝶,或者扑击经过的飞虫。寻常小猫的探险行为,都在它身上展露。这也意味着,它熟悉环境了,甚而以此为领域。它的好奇动作,让我想起

两星期后，小山果不再躲藏，站上岩石露脸。

早上七点出头，岩石和护墙轮番成为小山果大声鸣叫的舞台。

幼小的新住民 小山果

了住在不远的小狸。小狸有时展现的幼稚动作,便是这样愚骏。

旋即,它的栖息位置也开始变换。除了洞口,还常蹲伏在观音棕竹丛里面,借着茂盛的植物保护自己。小山果每每摆出清纯无瑕的可爱表情,从竹丛里远远地盯着外头,非常清楚我无法接近。

渐渐地,小山果也敢露脸,站到岩石上鸣叫。尤其是早上肚子饥饿时,它继续如过去般叫得响亮,仿佛早该有人拿食物过来。它的势力范围慢慢扩大到三米外半径时,早已拥有能力,跳上一米高的护墙。

我不知它如何做到,总之就是天生好手,经常态若自如,站在那儿梳理皮毛。梳毕,继续鸣叫,犹如挨饿多时的初生小鸟。

它的声音苍凉、悲怆,好像在怀念母亲或者其他兄妹。从初次到来,那鸣叫声都不是"喵"声,而是粗哑的怪叫,仿佛受到了极大的惊恐和不安。只是随着日子一天天过去,它不再镇日嘶吼,转而集中在清晨和傍晚时分。

光天化日,胡乱鸣叫是非常糟糕的行为,容易引发危险。它太早离开母亲的怀抱,没有其他大猫的教导,正在犯致命的错误。还好,这儿是校园,没有人会伤害它。它得以安然无恙。小山果恐怕还要摸索一阵，才会跟其他虎地猫一样学会静默地生活。如果这儿每只猫都如它嘶哑地大吼，恐怕会形成噪声。

除了不当鸣叫，小山果仍坚守一只小猫的谨慎，清晨时出来活动，用完餐便休息，躲入地洞，下午再出来。晚间离洞口往往会远一些。

有些大猫继续经过洞口，探看一下，似乎清楚也习惯了，有只小猫在此，并未对它产生排斥。我隐然感觉，食物充裕下，这是一种不欺负弱小的基本道义吧。在大猫之间，吃食物还是要依等级，地位高者往往占领食用的先机。小山果若年纪大一点，像小狸，恐怕就不是这等待遇了。

小山果的犀利叫声也引来警卫、清洁工和学生的注目，许多人经过时，都会往那儿探望，看看它今天如何，有时顺便带食物来。小山果并不愁食物匮乏，恐怕还是不解自己为何出现在这里，或者做错什么。那持续的哀号声，发出了这一强烈讯息。

它得学习尽快适应环境。周遭都是大猫在栖息，如何跟这些前辈打交道，恐怕会是在此存活的关键。

我离开校园后，一位女同学继续我的观察。又过了一

188 虎地猫

小山果栖息的一方小天地。

小山果

它像小王子一样降临

虎地才是真正的星球

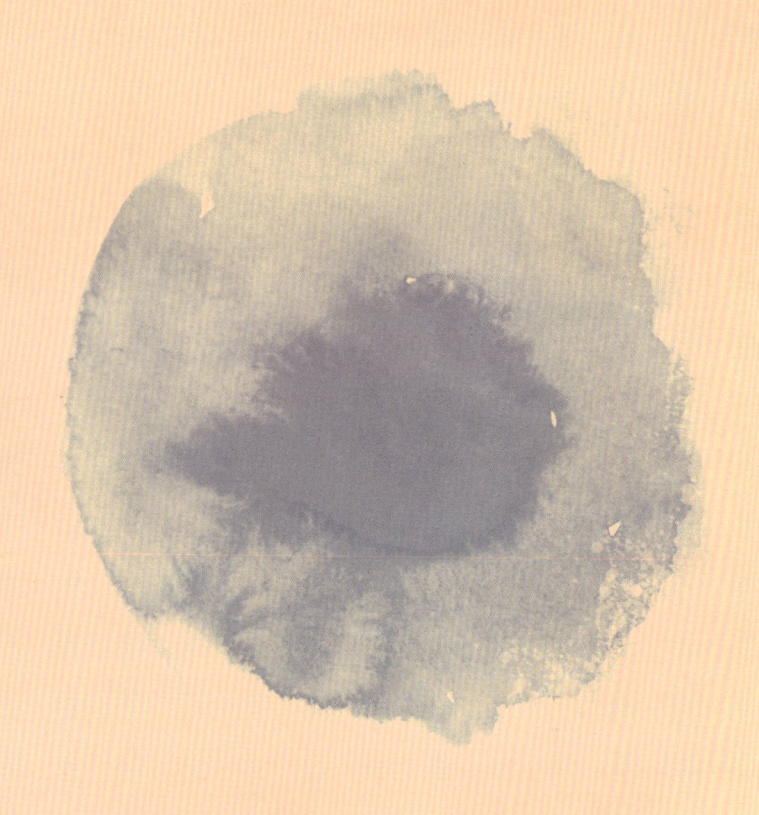

个月,她写信告诉我,有天晚上,小山果和一只余园的猫并卧在草丛上休息,两只猫离得很近,像是亲密的伙伴。

那只会是谁呢,我一直未追踪到。但几可确定,小山果安定下来了。后来那位学生又来信说,它的伙伴全身白净,只有尾巴布满虎斑,我猜是小狸。

我想象着小山果,跟一只身躯大它两倍的成猫,一起在岩石附近纳凉。突然间,浮升一个美好想象,两只幼猫一起成长,相互扶持。虎地猫隐隐拥有一个充满愿景的未来,或者继续某一美好生活的延伸。

加映场

福州猫

望着台湾地区的轮廓，乍看间，有时真像一只猫蹲坐的背影。

回来之后，因为想念虎地猫，我尝试寻找适当的区域观察和记录。初时最常拜访的地点是猴硐，一处煤矿废弃多年的小村镇，处于封闭的山谷，前有基隆河阻隔。如今集聚了许多街猫，适合作为长期观察的地点。只是离台北有些距离，必须搭乘火车抵达。再者，游客太多，我的观察常遭到干扰。街猫患病比例亦偏高，更让人不忍旁观。

我还是回到台北的街衢，到处漫游，以不小心撞见的方式，跟街猫对话。爱猫者常有一种奇妙的悸动，只要街猫出现，对你凝视个三四分钟，你的灵魂即被勾引而出。日后，常会情不自禁地流连，或者多待一两分钟，看看是否有某一缘分，在这角落遇见更多的可能，更多生命的温暖。

街猫带来的岂止是生活缓慢、尊重弱小生命的意义。一个人面对城市和人群，自我难以叙述的挫折和微小，在它们身上具体获得寄放，得以释放更大的正面能量。我们仿佛拖着人生笨重行李的旅客，发现了适合的置物柜，把它寄放进去，开始了另一段轻松的旅程。

　　在城市里，不少街猫朋友，常有一种奇妙的羁绊。有时只是走过巷弄，看到一只猫悠闲而困惑地看着你。那种情境总会创造难以叙述的莫名快乐，不可名状的幸福。

　　八月初，在回家路上的某一巷弄，我注意到一对母子，黄耳和小葫芦。它们原本住在摩托车店，未几，搬移到十米外的一〇八巷。

　　我因为它们，认识了摩托车店的老板。有一回，他起心动念，喂食后，这对母子便常到店里休息，最后赖在店里。接着，他也不知如何处理，只好减少喂食的次数，同时将猫盆移到一〇八巷。这对母子才在巷口里长时落脚。接下来的日子，换成路过的爱猫人士固定在那儿喂食。那儿遂形成一个觅食集团，总有六七只街猫集聚。

　　黄耳是母猫，看上去有些苍老，形容疲惫。幼猫叫小葫芦，看到它时，我不免怀念起虎地猫的小山果，因而对它产生移转的情感。

沿一〇八巷走进，里面大约有三四十户人家，住户以木工和修坟者为多。平时只见这款人士来去，并未有太多其他人往来。小小邻里，不过两个篮球场的范围，左右被捷运站①和加油站夹住，后头则是福州山大片森林和墓园横陈。宽阔的辛亥路则如大河奔流在前，不论何时都有车辆密集而高速地行驶，把它和世界隔绝。

在这一狭小巷弄和简陋屋宇的空间栖息，喧嚣大于脏乱。这群街猫的生活环境不算友善，只能安然苟活。我以福州猫称呼它们。

虎地猫、福州猫，两个街猫故事，一长一短，陆续发生在我的生活中。不论是个别议题或对照，都不断在挑战我的自然视野。

当一个人想要寻找自我本质最单纯的那一部分，他和街猫的关系就会延续不断。纵使又和另一群街猫告别了，那只是像种子休眠。在另一座城市，另一个角落，他会遇到另一群，再遇到自己。街猫的故事像草本植物的盛开，不管野地或大或小，时候和环境到了，就会青绿起来。

---

① 捷运，在台湾地区主要指地铁交通。

看到黄耳和小葫芦这对母子，不禁怀念虎地猫的种种。

福州猫
成员

小青

大青

白足

小黑

小葫芦

小云朵

黄耳

福州猫
分布图

福州山

汽车驾校

白足

辛亥捷运站

小黑

大青、小青
小云朵
一〇八巷
黄耳、小葫芦

加油站

辛亥路四段

N

巷口游民
黄耳和小葫芦

一〇八巷入口是一排石棉瓦住家，固定栖息着三只猫，其他多在晨昏时出没。除了黄耳和小葫芦母子，还有小云朵。

黄耳体形最为壮硕，因为只剩下一只幼猫需要照顾，所以仅剩一个缩小的粉红奶头露出，即将断奶。小葫芦不时挨近黄耳，或站或卧，仍习惯接近其肚腹。

小葫芦不时有此动作，显见仍有吸奶习惯。黄耳并未拒绝，但偶尔会刻意摆脱它的接近，似乎在暗示这只幼猫，吸奶时日不多了。小葫芦也能吃饲料，但还是很仰赖黄耳，纵使没奶了，依旧习惯性硬咬黄耳的乳头。小葫芦有时咬得用力，黄耳的乳头还会溢出白色乳汁。

小云朵长相跟黄耳近似，只有鼻头颜色略为浅淡，可供分辨。摩托车店老板告知，它是黄耳上一胎怀孕时生下的孩子。如今一岁，仍滞留在巷口，黄耳并未驱赶。小云朵应该有兄弟姊妹，但在成长过程中，无法如它一样安然长大。

小葫芦不用跟兄弟姊妹抢奶喝，不晓得它是否感觉孤单？

小葫芦从毛色一看，即知是三花猫，母猫也。前几日，它突地蹦跳上一辆小车车顶，似乎刻意要我仔细端详。从其娇小瘦弱的身形研判，出生恐怕才一个多月。至于为何只剩一只，野地什么都可能发生，便不予揣测。

只是不少市区的街猫常剩下一只，很可能这类环境较为凶险，一只以上，母猫恐怕都照顾不来。最后剩下一只，容易养护，说不定是街猫的生存策略之一。小云朵和小葫芦都是存活的最佳例证。

根据摩托车店老板的印象，黄耳在巷弄少说住了三四年，几乎年年都生小猫。一年平均两胎，大概已生四五次。每次都弄得又臭又脏。上个月，它又生了两只，但大一点那只，黄耳似乎察觉什么状况，刻意不喂食。没多久，那只小猫被马路行驶的车辆撞死。

摩托车店老板后来虽很少喂食，黄耳有时还是会带着小葫芦，去那儿磨蹭。但多数时候，三只猫习惯在巷子休息。吃饱了，便找一个高位的冷气机上头趴睡，或者找一处阴暗角落休息。小葫芦当然一直跟着妈妈，有时小云朵也靠过来。

小云朵会借机欺负小葫芦，尤其吃饲料时，常以爪威吓。黄耳视而不见，可能希望小葫芦获得一些成长过程的教训。但小云朵过得恐怕也不快乐，其他福州猫反而最爱

一岁的小云朵伸懒腰。

小云朵貌似黄耳，但鼻头颜色较淡。

黄耳在一〇八巷待了三四年。

巷口游民　黄耳和小葫芦

欺负它。

晨昏时，固定有两只福州猫会出现。公猫白足和母猫小黑，都是跑单帮，活动范围较大，饿了时才回来找食物。

小黑局限在附近巷弄活动，我搭乘捷运回家时，从月台偶尔可以眺望到它伫立铁皮屋上，跟其他福州猫在那儿翻滚、趴躺。或者长时间，享受某一难以叙述的慵懒。

白足常越过捷运辛亥站，远远地横跨到另一个公寓社区。猫的活动距离愈长，地位权势应该愈高。白足在两个区域，都会威吓当地的福州猫，小云朵便吃足苦头。

我要去乘捷运时，偶尔会看到它大摇大摆，穿越修建中的公寓大楼，准备到另一个辖区。此间福州猫，很少有如此行径者。只有相当强健的，才有此能力。

一〇八巷是公共食堂，黄耳母子较弱势，只好长时盘踞此一离食物最近的地方，方有安全感。阳光明媚的天气，它们若睡眠饱足，活动较多，也只是在附近晃荡。

小葫芦活动力最大，经常展现小猫爱玩耍的性格。有时会挑衅母亲，刻意戏弄它的尾巴，或者掠扑其头，又或钻过它身前，试图激怒。毋庸置疑，母亲也通过游戏教它。

有时，它跑去山坡地探险，咬食二耳草。在岭大，我常看到虎地猫吃这种野草。小葫芦总是咬好几回，不断地跳上跳下。因为有母亲伴护，玩性明显强了许多。黄耳也会到

黄耳（右）和小云朵（左）仿佛孪生姊妹。

巷口游民　黄耳和小葫芦

小葫芦咬过的地方找野草,但啃咬的是比较大的牛筋草。

有回夜深了,经过一〇八巷,小黑和黄耳家族都生龙活虎地靠过来,竖高尾巴。连小葫芦都高举着棉花棒般的短尾。显见它也在学习展示友好,还兴奋地冲到人行道,跳上花圃。我很担心它跑到马路上,急忙离开。此间马路上的车子行驶速度特别快,街猫一定难以闪躲。

我跟大家熟悉后,黄耳家族不时会尾随我,走到摩托车店。小黑和白足惧生,仍留在巷子。小黑起初似乎很神经质,总是躲在车底下,疑虑地仰看着我。直到很久以后才愿意接纳我的存在,偏好发出喵叫声示好。白足还是躲在隐秘处观看,仿佛不存在般。

有一回,我到摩托车店聊天,老板和一群人正在喝酒。我问他们最近有无喂猫食,他点点头,带着醉意反问我,要不要把小葫芦带回家饲养。听口气,他快受不了这群福州猫了。

一〇八巷进去的邻里封闭如山谷,夜深后,巷弄常流动着不好闻的猫食气味。还好周遭住家不多,未造成困扰。只有摩托车店老板,偶尔啜酒后有小唠叨。

小云朵愈来愈爱欺负小葫芦,常故意把瘦小的小葫芦顶撞开来,或者大力挥动爪子,赶走接近的小葫芦。但不是很凶恶的方式,只是大欺小。

黄耳一家多在一〇八巷晃荡，小黑有时也来凑热闹。

巷口游民　黄耳和小葫芦

有一天，小葫芦不知为何闯进隔壁的庙堂里头，意外被锁在里面。它不断地来回奔跑吼叫，抓门，意图冲出，但喊了一整天，还是没办法。直到庙公回来，开了门，才得以和母亲碰头。黄耳可是毫不忧心，似乎早已预料有此事发生。小云朵更不在乎，一直趴在冷气机上。

观察两个月后，有一天，小葫芦消失不见了。我慌张地去问摩托车店老板，但他也不知道原因，只是大胆研判，以小葫芦到处闯荡的情形，很可能被车子撞死。摩托车店老板在形容时，仿佛在描述一个寻常路人遇到车祸。我生闷气好些时日，不想理他。

黄耳和小云朵继续住在那儿，白足和小黑偶尔出现。黄耳肚腹愈来愈大。有位爱心人士趁喂食时，把它引进铁笼，带去结扎。回来后的黄耳虽有些病恹恹，但仍照常进食。

此时，巷口的整排水泥房开始整修，巷弄里尘土飞扬，福州猫恐难在此生存。没多久，黄耳真的消失了，小云朵也跟着不见，连白足和小黑都未再现身。

整个巷口因这突如其来的环境改变，一夕之间，福州猫都不见了，一如我在其他地区的经验。可能是看过太多街猫的生死吧，我的心情虽未跌至谷底，但有阵子很难再经过那里，一直刻意绕路回家。害怕经过时，总要伸头探望，进而触景伤情。

小葫芦系三花猫。

小葫芦练习咬草。

小葫芦一个多月大时,模样娇弱。

巷口游民 黄耳和小葫芦 211

小葫芦

它的眼神天真、单纯

但一只街猫不值得活着的茫然

也不时流露

街头小霸王
白 足

霸气的白足，其行径总让人想起虎地猫一条龙的傲慢。但它的体形更加壮硕，一现身一〇八巷巷口，就对其他福州猫隐隐带来威胁。

黄昏时，爱猫人士提供的饲料来了，其他猫会趋前，集聚食物堆旁。白足和小黑总是躲在不同的角落观察。通常，小黑先起身，从隐藏的暗处走向食物。白足仍蹲伏着，似乎要更加确定周遭无人，方才现身。一出来，也不急着吃，而是先出爪警告。

教训要找适合的对象，才能很快稳固既有的地位。这是当地方角头的必要策略。小黑一样跑单帮，早已顺从它，知道吃食的秩序。黄耳仍在照顾幼猫小葫芦，必须尊重。小云朵长大了，应该给予一些教训，因而成为首要目标。

只要小云朵靠近装食物的浅盘，白足就无端地发动攻击。三四回后，小云朵看到白足即不寒而栗，清楚知道谁是此地的老大。进食前都要确定，白足是否出没周遭，再小心地吃。

白足不只统领一〇八巷，它在远到另一头的汽车驾校也依然强势。黄昏时，一间土地公庙旁常有人放置饲料，有四五只街猫在那儿活动。它们同样害怕白足，总要确定白足不在，才敢安心进食。若有白足蹲伏，都各自小心翼翼地靠近浅盘，生怕白足从背后突然现身。

有阵子，当地喂猫食物的女士看到我在观察，特地过来抱怨。她不喜欢白足，怀疑是某家饲养的家猫，吃饱饭没事跑来捣蛋。她想从我这儿确定白足的由来，甚而揣测我是饲养者，准备跟里长或派出所抗议。我很难简单解释，自己那套跑单帮和集团的观察经验，只能一问三不知。

白足来去的领域，或许没一条龙在岭大的面积广阔，但地形比较复杂。公寓大楼栉比鳞次，巷弄多歧路而窄小。一条龙横越草原，犹若狮子。白足比较像老虎穿梭丛林，更加谨慎地观看周遭。

同样是地方霸主，一条龙是乡野角头，海派潇洒。白足是市井流氓，甚怕被僭越。当它出手教训其他街猫，看

白足是捷运辛亥站附近的街猫老大。

虎地猫

似临时起意，我却隐隐感觉，每一动作都有具体的算计，绝非像一条龙的随兴。

小黑的领域没白足的宽广，只集中在铁皮屋区，偶尔在墓园的榕树附近活动，或爬上屋顶，跟其他猫碰头。我们看到街猫悠闲地慢行，或者站立屋顶远眺，大概就是这等孤单行迹，却也从容。它有一对炯亮的黄眼。接近山脚，有只黑猫从小到大始终是蓝眼睛，也常跃上屋顶。

有时看到白足穿越公寓大楼，竟有些许忙碌的悲凉。都市不断变更的小区地景，俨然如森林里看到一棵棵树木被砍伐。在这样恶劣的环境改变下，街猫往往失去生存的机会。快速更迭兴起的建筑物如猛兽，不论街猫再如何熟悉繁复的家园，那横越常充满危险和惊悚，随时会被吞噬。

跑单帮的街猫领域虽大，每一个地方的滞留也不长。白足都在黄昏时抵达一〇八巷，多数时间蹲伏在另一个空阔的荒野位置。一〇八巷的食物最稳定，但通往汽车驾校的巷弄变化很大，它不断改道，在这里难免会和其他猫狗遭遇，发生追逐和打架。

等到一〇八巷改建，黄耳母子消失了，食物愈来愈少时，它和小黑都放弃前来。此后，我未再邂逅，以为它们都已身亡。

小黑的一双黄眼很有特色，另一只黑猫则是蓝眼。

小黑是一只母猫。

小黑赖在铁皮屋顶。

小黑和小云朵（后）和平相处。

过了一阵，心情恢复平常。每回经过巷口，总不免转头探看，有时还会从另一条巷弄趸进，但都不是在寻找它们。而是随便走逛，看看有无其他福州猫出现，成为此地的新住民。

两年后巷口的旧房重建完工。有天黄昏经过，无意间转头探看，赫然发现白足和小黑伫立巷口。不知为何，少有往来的它们竟同时现身，似乎彼此有一约定，怎知又意外地遇见我。

我异常振奋，亲切地喊了一声。它们似乎熟悉了这声音，从不同的位置走向我。但仍有远近之分。小黑仿佛先前的黄耳母子，大胆地靠近。过去它很少这样挨近，总是保持一段距离。这一回或许是许久未见面了，因而靠得甚近，大概也想看清，发出熟稔声音的人是谁。

白足何尝不是。它也不像过往的疑惧，转而主动地跑来，罕见地高竖尾巴，站在我的前方二米处。我从未和它保持这么近的距离，以前它总是在四五米远处蹲伏着，保持一个随时可以跃起远离的姿势。那距离和姿势都充满陌生的敌意。

但今天明显不一样了，因为这意外的邂逅，展现了不曾有过的善意。我走过去跟它们打招呼。白足虽有警戒，但明显比以往任何时候都愿意接纳我。小黑更不用说，仿佛狐狸遇见小王子般，带着暧昧的絮语，一直对我竖耳喵喵叫。那不只是要食物，好像也在问候我，还好吗。

两年了，它们竟能在这一不断兴建、脏污杂乱的环境中存活下来，委实不易。可是接下的时日，我未再看到它们。只远远地看到铁皮屋顶上有只黑猫，继续趴躺着，应该是那只蓝眼睛的。白足更是一点踪影都未发现。

但两年来，周遭环境恶劣变化下都能度过，接下来的日子，它们应该还能怡然存活吧。我乐观地想象着，期待有一天，继续在巷口再度撞见。

两年后意外重逢,小黑和白足比以往任何时候都接近我。

白足

像雾的到来

保持距离

以一只动物特稀有存在的尊严

让人震慑

小黑

天气阴凉下

在某一城市的屋顶

它总是扮演

孤单的提琴手

徜徉在云端的诗人

移动家族
大青和小青

再次遇到大青，竟然是从捷运站月台眺望时。

那天刚回到辛亥站，从车厢出来后，我习惯从此三四楼高度的位置，俯瞰下方的铁皮屋村落，还有远方的福州山。

福州山山坡过往是墓园区，目前逐区征收，渐次恢复为树林的样貌。下方的铁皮屋则呈现凌乱错落的样式，巷弄又曲折不一，遂猬集出一随便拼凑的社区之难看外观。仿佛一个大台风到来，轻易即吹垮。

平常走出车厢，我习惯先远望福州山。紧接着，往下搜寻社区的铁皮屋顶。过往的经验里，连绵雨后突然放晴，或者阴天时，屋顶上最常看到猫只现身，各自在不同的屋顶上趴卧、舔毛或闭目休息。偶尔还会有三两只碰头，好像乡下老人出来透气，一起并躺，便有一美好的景象。

一有风吹草动，大青便有所警戒。

移动家族　大青和小青

此时，一处屋檐下的冷气机隙缝，正巧有只虎斑猫从那儿现身，跳到下方另一间房子的屋顶上。这一跳的落差约莫三米，对一只猫根本是轻而易举的事，我因而未特别感到惊奇。只是许久未在屋顶看到福州猫活动，尤其是秋初的早晨。更何况，这只叫大青的虎斑猫多时未现踪影，我因而继续站在那里观望。

屋顶不是街猫必经的重要路径，多半是闲来无事做时的徜徉之地。猫会出现在那里，往往不是为了觅食，更不是在寻找药草，而是处于某一生活满足的状态，仿佛在放空自己。

基本上，悠闲地出现屋顶的，都是在当地已熟识环境的街猫，它们站在那儿居高临下，常有俯视家园的情形。那时多半是清早或黄昏，阳光薄弱时。它们时而在屋顶翻滚、搔痒、梳理皮毛，或者跟其他同时出现的街猫一起并躺、舔毛，或互相以爪子轻轻戏弄对方。

一只猫出现屋顶，更意味着它处于健康状态，暂时不用面对任何问题。它爬上这里，放松自己，暂时搁置觅食、交配等日常生活的固定事宜。屋顶仿佛凉亭，具有望远、观高等安全情境，但特别容易感受孤独。猫上了屋顶，就是诗人。

大青的纵跳当然引发我的驻足。它跳下后，走了一段距离，随即在一个角落梳理身子。然后抬头回望，一直瞧着冷气机的方向。

我正困惑此一细微动作，紧接着，又有状况发生。一只小猫从刚刚大青纵跳下来的位置滑落下来。那儿有一道明显的孔隙，猫刚好可以探出头。那只小猫翻滚得相当狼狈，甚而带点惊恐。从三米左右的高度这样降落，居然毫发未伤，颇让人惊奇。小猫发现自己安然下来后，兴冲冲地走到大青那儿。它的毛色和大青近似，看来是一对母子。

没想到，消失许久的大青，竟然躲到这儿生小猫。刚刚它明显地在观望，看看小猫敢不敢下来。但只有一只吗？

当然不是，没过两三分钟，又有一只，比刚才更加笨拙地摔落，且发出更大的碰撞声。原来，它害怕直接跳下，用爪子紧抓墙壁的突出物，试着慢慢滑落。但墙壁过度垂直，没有突出物可以稳稳攀住，这个意图自然失败。

第二只小猫出现后，我随即敏感地研判，眼前正在发生母猫带小猫的搬迁事宜。

一般母猫生小猫都会自行躲到隐秘的空间,生怕被任何人或动物发现。一旦被干扰,随即会迁离。直到小猫喂育长大,可以自行走动时,母猫才会带领它们离开隐蔽的照顾之地。

这一次离家,往往不会再回到出生之地,而是转移到另一合适的环境,可能是母猫原先生活的地方,或者是一处新家园。

我大胆揣想,大青正在带小猫们离开出生之窝。以前我见过它两三回,但都是轻松地从地洞钻出,或者自类似的隐秘处现身。像眼前这样,从高空重重跳降,还是第一回。

看来大青选择了一个相当严苛的环境。但这一高度,也让喂哺期间的小猫有更安全的生长空间,只是离开时,挑战就残酷了。小猫面临极端危险的处境,它们只有一次降落的机会,才能继续展开接续的旅程。若是失败,可能会摔断筋骨,甚至坠死在屋檐。它们的初次,说不定就是最后一次。

我看得触目惊心,但只有两只小猫吗?正忖度时,只见又有一只慌乱地滚落。这只或许摔得太重,呆愣在原地

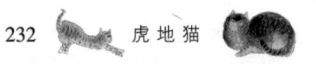

大青的孩子中，小青是我唯一近距离记录到的。

移动家族　大青和小青　233

许久，似乎暂时失去记忆。好不容易清醒了，再踉跄地走到大青那儿。

此时，冷气机隙缝还有一只露出头来，正伸头往下犹疑地眺望，充满害怕的表情。怎么办呢？其他小猫都勇敢地往下跳了，它若不尝试，可能就无法跟上即将离开的队伍。大青已经停止舔理皮毛，作势即将离开。那等情形更告知，它绝不可能回来帮忙。我担心这会是唯一出状况的小猫。最后，大青抬头了，平静地望向冷气机，好像给它最后一次机会。

小猫清楚知道事不宜迟，母亲不会等待的。它一直害怕地往下探望，终于鼓足勇气准备跳下时，前脚又紧张地勾住窗口，结果跟刚刚那只一样困窘。支撑没多久，随即滑落。这次掉下的撞击声又比先前更加巨大，直觉是狼狈地重摔。

我心里大喊完了。怎知，过了一阵，它还是能颤抖起身，只是一只后腿好像有些扭伤，一瘸一拐地走向大青，跟其他兄妹聚在一起。这一连续的画面，让我联想起白额黑雁在近北极圈崖壁的繁殖。成鸟在崖下等待，让幼雏跳下万丈深崖，一路碰撞岩礁、石块，再翻滚下来。当然幼

虽然没有手足同乐，小青自己也有得玩。

猫的纵跳而下与之相比，简直是小巫见大巫，但还是让人惊心。

紧接着，全家出发了。大青钻入一户人家的屋顶，其他小猫也陆续跟进，后腿有些受伤的那只，一样紧跟在最后。它们开始探看这个危险而新奇的世界。接着会是怎样的旅途，又会在哪儿落脚呢？真巴不得化身为其中之一，参与猫妈妈大青择选的行程。

铁皮屋村落处于福州山山脚，虽说封闭而安全，但毕竟是木材作业区，巷弄不时有狗群溜达，或有机动车闯入，还包括来自山区不易预测的野生动物，饱含各种危险。小猫是否能安然长大，委实难以预料。

无奈的是，我和这支家族也仅仅这回遇见。后来几次到那儿寻找，或者观望屋顶时，并未发现任何踪影。直到十来天后，才在一〇八巷后头的小广场再度遇到。只是这时，大青身旁只剩一只。

到底这些日子发生何事，为何仅剩下一只，我无从推测，只能以自己的经验判断，一只街猫要在城市巷弄喂养孩子相当困难。我最常看到母猫带领一只幼猫的状况。街猫的生活环境，在城市大抵恶劣，大概只有照顾一只的能力。大黄如此带领小云朵,或者后来照顾小葫芦都是这等状况,大青亦如此。

大青带着一只瘦小纤弱的小猫正在休息。我取名小青。它们距黄耳母子的位置不远,在这儿遇到了一位定期喂养的阿婆。有此食物的提供,当然就不会离开了。

大青的乳头露出好些,仍然有两处呈现红肿之样,显见至少还有另一只,但我怎么找都未看到。仅存的这只,色泽跟大青一样,正在认真地玩耍。这十来天的旅程里,它的兄弟姊妹可能逐一消失,但它很幸运地学会了玩耍,十足展现小猫的性格。

阿婆看到我出现,关切地探问我在做什么。我告知自己很关心这只猫。她给了我这样的答复,这只母猫已经来了六七天,当时还有两只小猫跟着,现在仅剩下一只。她偶尔会给些食物。

大青母子很机警,明显地跟人保持距离。小青已能吃其他食物,吃饱后,一定跟大青紧密地互动。

我远远地眺望,只见大青蹲着,小青不断往上跳,试图扑捉母亲的脸颊。大青有时也会斜躺下来,佯装受伤或不支倒地,诱引小青来扑追,仿佛攻击小动物。大青当然是以此游戏引导小青成长。小青可是玩得很认真，努力地抓咬母亲。大青不以为意，更常以尾巴乔扮某些动物，诱引小青捕捉。小青常追得气喘吁吁，累到趴在地面不起，等恢复体力，又继续追击。

远眺时，我看到这样四下无人的游戏，快乐地演出。当我接近时，这一游戏便结束。它们审慎地防范我，躲到车子底下观察。周遭一棵树下有一只浅盘和水杯，大概是附近居民提供的。

观察约莫一星期，大青和小青也消失了。原因为何，我也说不清楚，应当跟附近的修建工程有关。不远的捷运站旁正在兴盖大楼，一○八巷也在整修，环境变化太大，巷弄间常有污浊空气，连人都无法忍受，何况是街猫。

黄耳母子逐一消失时，这儿也同样情况。没人知道原因，也没人在乎。只有我的好奇和无奈成为疏离的关怀。

我仍然继续搭乘捷运，由此站出入，依旧会往下眺望铁皮屋村落，怀念这群福州猫。若看到铁皮屋顶上有猫，当然会想起大青从这儿出发，带着四只小猫，开始探索世界的旅程。

但更多时候,我会抬头眺望。思念翻过福州山,想到另一个遥远的地域。香港的虎地猫们,不知它们是否依旧,继续半野半家的生活?

虎地猫

这是我最后见到的大青和小青，小青长大了一些，不再干巴巴。

大青和小青

当小青从屋顶跳落

大青的照顾任务已完成大半

但接下来的生活

或许才是最艰苦的旅程